BESTSELLER

David Martínez Álvarez, más reconocido como Rayden, es un escritor, cantante y productor musical nacido en Alcalá de Henares (1985).

A los treinta y siete años aprendió a guiñar solo un ojo. Aunque antes de ese hito, había sido campeón mundial de una competición de improvisación, había sacado seis discos (dos de ellos n.º 1 de los más vendidos) y era padre de un hijo con inteligencia emocional.

En su faceta como escritor es autor de libros como *Herido diario* (2015), *TErminAMOs y otros poemas sin terminar* (2016), *El mundo es un gato jugando con Australia* (2019), *Cantinela: Cien canciones y noventa y nueve finales alternativos* (2021) y *Amoratado* (2022). *El acercamiento de la mujer cactus y el hombre globo* (Suma, 2023) fue su debut en ficción. Tras su segunda novela, *Votos en contra*, su obra más reciente es *El taller de los niños interiores*, una novela reparadora inspirada en su mítico tema «A mi yo de ayer».

Puedes contactar con el autor a través del medio que prefieras (Instagram, X, YouTube, TikTok):
@soyrayden
✈ t.me/Raydenoficial

DAVID MARTÍNEZ ÁLVAREZ

Votos en contra

DEBOLS!LLO

Papel certificado por el Forest Stewardship Council®

Penguin
Random House
Grupo Editorial

Primera edición en Debolsillo: marzo de 2026

Printed in Spain – Impreso en España

ISBN: 978-84-663-8848-1
Depósito legal: B-1.066-2026

Compuesto en Mirakel Studio, S. L. U.
Impreso en Black Print CPI Ibérica
Sant Andreu de la Barca (Barcelona)

P 388481

A la persona que me enseñó a jugar al ajedrez
y al que solo gané en nuestra última partida.
No he fabricado mejor puente para llegar a ti, abuelo

1

Del contacto cero a la ley de hielo

One: Don't pick up the phone.
You know he's only callin' 'cause he's drunk and alone.
Two: Don't let him in,
you'll have to kick him out again
Three: Don't be his friend.
You know you're gonna wake up
in his bed in the mornin'
and if you're under him, you ain't gettin' over him.

Dua Lipa, «New Rules»

Nos van a echar de casa.

Nos van a echar de esta maldita casa que te empeñaste en que alquilásemos y me he tenido que enterar por el casero (que ha tenido la deferencia de avisarme antes que tú). ¿Qué excusa tienes ahora de salvoconducto? Seguro que me dirás que «tú no sabías nada», «que tenías una llamada suya, pero que estabas trabajando», «que ahora no estamos en nuestro mejor momento y que era mejor que fuese el casero quien me lo comunicase a mí»… ¿En serio crees que soy tan tonta? ¿Tan crédula? Mira, mejor que no hayas llamado porque no te quiero ni oír, pero tú…, tú sí que me vas a oír aunque no quieras. Me vas a oír y me voy a despachar a gusto, como si te hubieses quedado a escucharme. Te tienen que pitar los oídos. Mal *tinnitus* te caiga.

¡No sé cómo no me lo veía venir! Si nuestro buzón no tenía todavía ni nuestros nombres. Solo hay dos tipos de parejas que no ponen sus nombres en el buzón, ¿sabes?: los que no quieren que los vean y los que no se terminan de ver. Y tú no tenías ni la llave del buzón en el llavero. Y solo me pediste la mía una mísera vez para apretar el tornillo flojo de las monturas de las gafas. Ya ves. A lo mejor siempre tuviste miedo a padecer el síndrome del rey emérito, que cambió de residencia fiscal para huir de donde las monedas tenían su cara. Mil ochocientas cincuenta caras de rey emérito al mes por el alquiler de este piso que se te antojó en Puerta de Hierro para que ahora…

Suena el móvil, ¿¡dónde he dejado el teléfono!? ¿Serás tú? Tú no. El «tú» de verdad. Tú no te muevas que todavía no he terminado contigo. Y me vas a oír.

Me sorprendo al correr hacia el salón para buscar el teléfono. Hay persecuciones policiales con menos tensión que mis intentos de acorralar tu nombre en una notificación emergente. Miro la pantalla. No eres tú. Es Oliver. Oliver dista muchísimo de ser tú, pero él por lo menos siempre estará de manera incondicional. No como otros… Lo más absurdo de todo es que no parabas de repetirme (o lo hacían tus celos) que Oliver no valoraba nada de lo que tenía y, justamente tú, te has ido de mi lado por anhelar lo que él tiene. Factores. No respondo y guardo el teléfono. No lo hago por haber sido cincelada por la comunicación asíncrona propia de mi generación muda; es solo que sé lo que Oliver va a decirme y no tengo el chocho para farolillos chinos voladores: «Lea, cada día que pase no estarás mejor, pero estarás más cerca de estarlo», «Lea, abraza la emoción y ríndete a ella. Confía en el proceso», «Lea, no te quedes en casa encerrada en ti misma, ábrete al dolor para sanarlo», «Lea, no creo que sea buena idea que sigas lavando los calzoncillos de tu ex y tengas conversaciones con ellos colgados del tendedero como si lo representaran». Como si lo/me viera…

Y tú, ¿de qué te ríes? ¿¡De qué mierdas te ríes!? Solo eres un puñado de calzoncillos Abercrombie con pelotillas que hacen de embajadores de tu ausencia. Un buen paralelismo para representar el auge y la caída de lo nuestro. Unos bóxers ajustados que me sirven de placebo para no romper el contacto cero.

El dichoso «contacto cero». No sabía lo que era hasta que Oliver me descubrió el término y (como todas y todos sabemos que los móviles escuchan) desde ese mismo instante el explorador de Instagram se me llenó de *reels* de líderes mundiales contra el abuso narcisista, con títulos como «Trata a tu ex como si estuviera muerto» (en vez de «muerto», había un emoji de calavera, pero se me entiende). Sí, claro; bastante tengo yo con quedarme para vestir santos, como para lavar los calzoncillos de un muerto que me ha dejado morando una casa que no quería de la que me van a echar como a una okupa.

Suena otra vez el móvil. Oliver seguro que no es. Él sabe cuándo darme espacio. Se da por aludido. Al revés que tú, que parece que te ha tragado un agujero negro y te alejas cuando más necesito de tu ingravidez. Saco el teléfono del bolsillo, ¿ahora sí que serás tú? Tú no. El «tú» de verdad. El que me mentía al decir que siempre estaría, que lo teníamos todo, el que me llamaba «mi vida» y luego me apartó de la suya, tras casi diez años, por no darle lo único que no me nacía darle: un hijo.

Miro la pantalla, es un número que no conozco.

—Estoy apuntada en la lista Robinson, ¡dejen de llamarme! —respondo airada. Y cuelgo el teléfono sin esperar la disculpa. Estoy cansada de que me intenten vender humo.

Aprovecho para mandar un mensaje de voz a Oliver:

—¿En eso va a consistir a partir de ahora? ¿En pinchar el globo? ¿En lanzar recuerdos a los buitres como la ladrona que roba un banco y lanza los lingotes al pueblo para escapar en su furgón blindado? ¿A meter a presión toda la autoconservación que me queda por un hueco donde no cabe ni la ternura como si fuese de Play-Doh? Ah, por cierto…, cuando termine junio me echa el casero de esta casa. A lo mejor me tenéis que acoger. Luego te llamo. Cuando esté más entera.

El presente es un regalo, pero el pasado es deuda privada. Recuerdo el primer día que entramos por esta puerta y todavía escucho la risa reverberada, con la acústica inimitable de las casas vacías. Yo no paraba de recordarte que el precio de la casa era una locura y tú me contestaste que la locura era que tu llave y la mía ahora encajaran en la misma cerradura. Lo que ocurrió después prefiero no recordarlo.

Suena el teléfono. Y no es Oliver. Eres tú. Tú no. El «tú» de verdad. El que todavía no he visto en la pantalla, pero tampoco me hace falta. No me digas por qué, pero cuando eres tú el que llama, el tono no suena, llora con retranca, como si fuese un fado. Llegará la fase del duelo (tras la negación —en la que estoy—, la ira, la negociación y la aceptación) en que te asocie con todas las playlists de fado y romantice la melancolía. Por el momento, esta llamada me suena igual que cuando llaman al telefonillo y responden: «Correo certificado», y te encajan un burofax.

No descuelgo el teléfono. La «ley de hielo» es otro término que me descubrió Oliver, el cual me aconsejó no usar «porque es una forma de abuso emocional, blablablá», «porque puede llegar a ser una dinámica que conduzca a una comunicación más pobre, mimimí». «Porque denota inmadurez y falta de inteligencia emocional». Nada más lejos de la realidad. Como ya te he dicho antes, me encuentro en plena fase de negación. Te encantará atribuir todas mis actitudes futuras a la ira y al despecho, pero (por ahora) solo puedo ofrecerte negación a granel, silencios con calzador y derrotismo moderado. Así pues (como negada que estoy), me niego a responderte.

Soy buena negando. No lo niego. Al igual que hay personas a las que se les da bien el interiorismo industrial nórdico, la papiroflexia, el arroz meloso o el *disc golf*, hay otras elegidas (entre las que elijo incluirme) especialmente virtuosas en el arte de no aceptar las verdades inaceptables. La primera negación que recuerdo fue un día, a la salida del colegio, cuando negué que ese hombre recién afeitado fuera mi padre. Si de mayor soy una negada a la hora de reconocer a la gente con gafas de sol, imagínate. La última negación que aún intento digerir fue cuando me negué a hacerte padre.

Vibra el teléfono. Es un mensaje de audio. Ni una llamada. Ni un mensaje de texto. Un puto mensaje de audio: ¿no merezco ni tu otro puto pulgar oponible? ¿No puedes dar señales de vida a dos manos?

«Hola, Lea, perdona que te interrumpa. Sabes que no lo haría si no fuese por algo importante. Bueno, no quiero decir que lo nuestro no sea importante… Ya sabes… Eeeh… Es más; es tan importante que nos estoy "respetando" y dándonos el espacio que merecemos, pero… Bueno, no voy a empezar otra vez con "lo mismo". Que me ha llamado el casero. Se ha cambiado el teléfono (para que lo sepas). Por lo visto te ha llamado a ti, pero le has gritado (o eso dice él) y le has colgado. En dos meses cumplimos el año de contrato y... Un fondo buitre ha comprado todo el bloque; por lo que me ha dicho "que lo siente mucho", "que le sabe fatal", pero que el veintinueve (como tardísimo) tenemos que estar de patitas en la calle. Sé que es una putada. Me ha dicho que si necesitamos una carta de recomendación nos la escribe sin problema. No te molesto más... No hace falta que contestes. Si te va a resultar duro, me pasaré un día que sepa que no vas a estar para llevarme "mis cosas", pero habla con el casero, a ver qué te cuenta. Un beso y, aunque no debería decírtelo, quiero que sepas que te echo mucho de menos...».

Activo la opción «no molestar» —demasiado tarde—. Durante medio año, la reforma de la casa de al lado no nos daba ni un respiro y teníamos que hablar a gritos. Ahora mismo el silencio que dejas a tu paso está tan alto que los vecinos nos van a llamar la atención. Voy a tu despacho. Busco tijeras, boli y papel. Tranquilo, que a vosotros no os voy a hacer nada. Ni a ti ni al tú de verdad. Solo voy a llamar a las cosas por tu nombre. Escribo:

LEA ARONA DOMÍNGUEZ

6.º D

Siendo zocata como soy, nunca aprenderé a utilizar las tijeras para diestros, pero me sorprendo al recortar el mejor rectángulo que recuerdo. Cojo las llaves y, con ellas, la única que hay del buzón. Pulso el botón del ascensor con la sensación de que será la última vez que tú y yo compartamos huellas superpuestas. Llego a la planta baja. Bajar seis pisos evitando mirarme en el espejo tiene un mérito que nadie va a acreditarme. Meto la llave en el buzón. Nada. Una nada absoluta que me recuerda otra vez lo olvidable que soy. Con la misma llave —esa con la que apretabas la patilla de las gafas—, giro el tornillo del casillero y meto —ahora sí— mi nombre y apellidos. Cierro la puerta del buzón no sin antes dejar una de tus gafas de pasta dentro. Con este acto, celebro la fiesta de clausura de la fase de negación para entrar en la fase de la ira de lleno. Aunque tú no vayas a estar para verlo.

2

Nunca tengas padres

Quise reír, quise latir,
querías salvarte, miedo a vivir,
no tomas puerto para partir,
lo quiero todo lejos de aquí.
No me salves,
de la noche no me salves,
de la fiebre no me salves,
del amor tú no me salves…

QUERALT LAHOZ, «No me salves»

—Moco, ¿cómo estás hoy?

—Hola, papá —musito mientras me tapo la boca con la mano para no alzar la voz—. Pues estoy yendo en bus para celebrar el cumpleaños de Oliver.

—¿Oliver padre o el pequeño Olivín?

—Sabes que tú eres el único que lo llama así, ¿no?

—Pero... ¡si en cuanto le dan dos rayos de sol se le pone la piel oliva!

—Tú sigue llamándolo así, que como alguien te escuche y le empiecen a llamar «Aceituno» por tu culpa...

—Mi nieto putativo siempre me va a querer —responde, presumido—, así que, para uno que tengo, déjame chincharle un poco.

Puedo ver a través del teléfono la típica cara que pone de payaso sin gracia cuando me pica solo por el gusto que le provoca enfadarme.

—Cuántos cumple... ¿seis años?

—Sí, aunque es kamikaze como uno de tres y lee como uno de nueve.

—Pues ahora te ingreso veinte euros y le regalas un

libro de mi parte, pero ¡dile que se lo regala su «abuelo» Josemi!

—Yo se lo digo. No vaya a ser que «para un nieto que tienes», se piense que no le regalas nada…

—Buenooo… —se burla, mientras intento quitar con la uña los restos de una pegatina mal arrancada del respaldo del asiento de delante—. A ver, ¿qué te digo yo siempre?

—«Nunca tengas hijos, Lea, no hagas como yo» —le respondo, y lo hago con una vaga imitación de su voz grave.

—Pues entonces, Moco. Además, con lo que te ha pasado…, menos mal que no teníais un hijo…

«Nunca tengas hijos, Lea, no hagas como yo». Escuchar este mantra de un padre —día sí, día también— es el mejor método anticonceptivo existente. Y lo dice una comercial de una clínica de fertilidad.

Mi padre siempre ha hecho gala de un virtuosismo admirable para soltarme pullas por minar su existencia con la simple osadía de venir al mundo y, a la vez, hace que sienta que soy la niña de sus ojos y la alegría de su vida. Que no se me malentienda… Como padre, un diez de diez, un cien de cien. De esos que no alimentan caprichos, pero alientan cada una de tus decisiones. De esos que marcan límites, pero no establecen líneas fronterizas. De los que te mandan a comprar el pan y aceptan con deportividad que te quedes con las vueltas y engullas los curruscos. De los de «limpia/arregla/tira/esconde "eso" antes de que lo vea tu madre». De los que, si traes novietes a casa, no les estrecha la mano hasta fracturarles los metacarpianos. De los que te cultivan hasta que ya maduras y te pueden escupir a la autarquía emocional. De esos que retratas como bellos gigantes cuando haces dibujos en el cole.

En una reunión con mis padres, mi tutora —que se llamaba Carmina— les comentó, con tremenda curiosidad, que yo solo utilizaba lápices de color para pintar a mi padre. Todo lo concebía bajo una escala acromática menos a mi señor padre. Casas grises sobre suelo volcánico, árboles grises, pájaros grises, nubes grises que bloqueaban parcialmente un sol ceniciento que iluminaba —con sus rayos grises— a mi madre gris y a una versión grisácea de mí misma. Justo al lado, un coloso barbudo retratado con los colores más llamativos que tenía al alcance: mi padre. Mi madre —según cuenta él— se partió de risa al confesar a la profesora que él es daltónico. Lo del daltonismo de mi padre no lo supe hasta la primera comunión, al ver las tonalidades de los vestidos que me recomendaba. Lo de que mi madre no era tan gris como la pintaba no lo descubrí hasta que de ella solo quedaba su ausencia y un recuerdo que perdía color.

—Ya te lo ha dicho él, ¿no? —le pregunto con indignación incipiente—. Ni siquiera en esto se ha esperado a que eligiese un momento en el que estuviese más fuerte para contártelo yo.

—Lea, quiso despedirse…, explicarme sus motivos… después de diez años en los que él también ha formado parte de esta familia, qué menos…

—De casi diez años, papá, no diez. Y los motivos ya te los digo yo: me lleva diciendo toda su santa vida que no quiere tener hijos y como ahora le ha dado una especie de crisis de los precuarenta, ha roto conmigo por no querer tenerlos yo. Así de simple. Así de poco soy para él. Así que no le aplaudas el gesto, por favor, que estoy hasta el papo del corporativismo de los hombres.

Al otro lado del teléfono, mi padre tarda en contestar con el mismo tiento que un artificiero elige qué cable cortar para desactivar la bomba. Recojo cable.

—Perdona, papá. No he tenido en cuenta que para ti también es como una especie de ruptura.

—¡Si a mí el primer año y medio ni siquiera me caía bien y tú me lo metiste con calzador! Cuando te vi aparecer por casa con él, pensé: «Qué hace mi niña con este mindundi que se cree que ha empatado con Dios». Así que por mí ni te preocupes lo más mínimo, que tengo callo en esto de despedirse, ¿de acuerdo? Solo quiero saber que estás bien, si necesitas que te ayude a enterrar un cuerpo que te pueda incriminar o si quieres alcachofas, que acabo de recogerlas y han salido riquísimas.

—Te prometo, papá, que, de todas las locuras que haga en los próximos seis meses, tú serás cómplice —le aseguro, mientras me levanto a pulsar el botón de solicitar parada.

—Hablando de locuras…, también me ha comentado lo del piso. ¿Qué vas a hacer? Sabes que te puedes venir a vivir con Marina y conmigo el tiempo que necesites, ¿no?

—Papá… —Atrapo el teléfono entre la oreja y el hombro para aferrarme a los pasamanos entre tanto bache—. Te lo agradezco, pero no me veo yo yendo a la clínica día sí día también desde Colmenar Viejo hasta Velázquez. Es una pateada… Más luego aparcar, que saldrá por un pico… Además, que Marina y tú tenéis el equilibrio perfecto, y para una vez que te enchochas y se te ve ilusionado…, no va a venir la hija del padre a cambiar el feng shui de vuestro hogar con su ruptura y su tiovivo emocional aderezado con ciclotimia.

—Sabía que no ibas a querer, pero tenía que decirlo, Moco. Entonces ¿ya estás mirando algo?

—Sí, bueno…, estoy mirando para alquilar algo de dos habitaciones, cualquier cosa medio decente que no tenga la cocina y el retrete en la habitación. Si no, siempre tengo la opción de irme a casa de Oliver un tiempo, aunque si puedo evitarlo, mucho mejor, porque me parece un poco invasivo meterme como «tiamiga» en su casa —contesto, y se abren las puertas del autobús. Me despido de la imagen del conductor que refleja su retrovisor y bajo.

—A lo mejor es el momento de mirar para comprar.

—Pero ¿tú sabes cómo está todo, papá?

—Tengo un amigo que trabaja en una inmobiliaria, y me dice que vienen «turbulencias en el mercado inmobiliario» y que se aproxima un «cambio de ciclo».

A mi padre le encanta citar, con gran exactitud, conceptos que escucha por ahí y no domina del todo. Creo que es un trauma que le viene de chico. De pequeño, en el colegio, jugaban al huevo y la cuchara. Toda la clase le llamaba Josemi el Huevón porque a la tercera zancada, como mucho, se le caían los huevos en las carreras y se reían de él. Ahora intenta recordar intacta toda información de interés público que le hayan contado.

—Tú siempre tienes muchos amigos en todos los sitios, papá, pero el último te estafó con una idea de negocio seguro y la casa se la quedó el banco… Y siempre te pasa porque eres tan crédulo y bonachón con todo el mundo que tienes un imán para los desgraciados. ¿Ahora otro te está diciendo que inviertas en vivienda propia?

—Que no, Moco. Que esto no tiene nada que ver. Es solo que alquilar una casa es poco más que tirar el dinero, y cada vez te van a cobrar más. No te quieres venir a casa y ahorrar. Y con Oliver no vas a poder tener intimidad. No te veo queriendo rehacer tu vida en su casa y llevando a tus...

Intuyo por dónde va.

—A mis qué, papá, ¿a mis ligues? ¿Crees que ahora mismo tengo el cuerpo para pedir a hombres que se queden a dormir en la casa de mi amigo y su hijo y hacer la cucharita?

—Lea..., a veces me cuentas más de lo necesario —interrumpe con una vergüenza en relieve.

De aquellas cucharas, estas cucharitas.

—Pues eso, papá. No creo que me apetezca quedar con nadie nunca más en la vida.

—Moco, «nunca» y «siempre» son distancias muy largas. Acabas de romper una relación de diez, perdón, de casi diez años. Y estás muy removida. Dolida y removida. Solo te pido que si te vas a vivir con los Oliver, te pongas un pestillo o algo. Para no «jorobarles» el feng shui —me pica para rebajar el tono de la conversación.

—¿Y tú quieres que compre un libro para el pequeño Olivín? Bueno, papá, te tengo que dejar, que ya estoy llegando a la puerta del centro comercial.

—Cómo te gusta cortar las conversaciones cuando te interesa... Anda, te dejo para que te dé tiempo a comprar los regalos que te faltan.

—Tendrás cara… Le compraré algo, anda. Porque eres un liante de cuidado y la culpa es mía por tenerte malcriado —le respondo, y escucho su risita triunfal—. Oye, papá, una última cosa…

—Dime.

—Nunca tengas padres…, no hagas como yo.

3

Running sushi

Excuse me, green tea,
music for a sushi restaurant
from ice on rice.
Scuba-duba-do-boo-boo,
music for a sushi restaurant,
music for a sushi restaurant,
music for whatever you want,
scuba-duba-do-boo-boo.

HARRY STYLES,
«Music for a Sushi Restaurant»

OliOláCadaDíaTequieromás

Hoy

Compi, por dónde vas?
Que como tardes mucho
el señor me va a comer
el brazo 14.03

Si llevaré aquí como veinte
minutos, que me faltaba
algún regalo por comprar,
pero es que te juro que no
encuentro el sitio 14.04
Seguro que me has mandado
bien la ubicación? 14.05

No habías comprado
los regalos a tu sobrino?
Ya verás cuando se entere… 14.06

Eres bobo? Es que mi padre
también quería hacerle un
regalo a tu hijo 14.07
En serio, deja de entretenerme
y guíame para llegar o id
entrando vosotros a comer
y ya me apaño yo 14.08

Lea, si es que no tiene
pérdida… Es un *running
sushi* gigante que está justo
fuera de La Vaguada, en la
planta de arriba 14.09
A ver, qué ves a tu
alrededor? 14.10

Estoy a punto de salir fuera
de La Vaguada 14.11

Pues al salir tendrías que ver
a la izquierda un VIPS 14.12

Voy 14.12
Ya veo el VIPS 14.12

Vale, pues a la derecha deberías
ver a un padre rollero y un niño
con el brazo escayolado 14.13

<3 14.13

Qué rabia me da WhatsApp cuando envías un corazoncito rojo solitario y lo hace grande. A veces una solo quiere enviar un corazón rojito, chiquito, sin tanta intensidad ni bombeo. Sin ademanes de. No todas las espigas que te clava la vida en la espalda de la camiseta te tienen que sacar novios. No todos los emojis que una manda se tienen que magnificar.

—Creo que aquí hay un «señor» que cumple, ¿cuatro años? —pregunto divertida.

—¡NOOO! ¡Cumplo seeeis! —corrige Oliver con un grito que arranca sonrisas a toda la gente que pasa por su lado.

—Eso no puede ser, ¿no será que cumples cinco años?

—¡Que no, tita Lea! ¡Que cumplo seeeis! —reitera, y roza la rabieta—. Papá, ¿a que cumplo seis?

—Yo creía que cumplías seis —responde Oliver padre, y me sigue el juego—, pero si lo dice tita Lea… Ella es la lista de la familia.

—Papááá…

—Espera —interrumpo, y saco uno de los regalos envueltos—. Me he tenido que equivocar porque uno de los regalos decía que era para mayores de seis años. Así que sí que debes de tener seis años, ¿no?

—Es lo que decía desde el principio —finaliza el pequeño Oliver triunfante, mientras coge el regalo—. Puede que sea ¿un vinilo de Julio?

Aunque parezca extraño, anacrónico y un poco perturbador, el pequeño Oliver no escucha cantajuegos ni el *opening* de *La patrulla canina*, ni a Quevedo siquiera. Solo escucha la banda sonora del videojuego de Sonic y... a Julio Iglesias. Algún día descubriremos de dónde ha salido su afición.

—¿Cómo va a ser un disco de Julio si todavía no ha sacado música nueva? Es otra cosa, pero no se pueden abrir hasta que terminemos de comer, ¿vale, «señor»? —le aclaro, y agarro su manita para entrar en el restaurante—. Además, me tienes que enseñar cómo funciona el *running sushi*, que tú aquí eres el único experto.

Cómo explicar lo que es un *running sushi*. Cuando eras adolescente, tu pareja te llevaba a celebrar San Valentín al Tagliatella: un lambrusco, un pan de aceitunas, un *antipasti*, un *dolci*, un magreo y para casa. Que no se me malentienda porque no lo digo como crítica. Hay gente que hace memes con esto y usa el plural mayestático en el fútbol. Larga vida a los primeros brindis adolescentes del Tagliatella. Pero el *running sushi* vendría a ser como la forma final del Tagliatella. Bajo un decorado que emula un mercado de Japón (con un centenar de farolillos impermeables sobrevolando las mesas, rótulos y pósters nipones, cortinas de puerta con *La gran ola de Kanagawa* y gatos de la suerte a mansalva), trescientos platos de comida diferentes desfilan por las dos cintas de este bufet libre giratorio pasivo a la espera de las manos más ávidas para comer todo lo que se pueda en una hora. Hay familias que, a base de maestría y paciencia, se pueden hacer una gran mariscada por veinte euros. Mis respetos.

Un camarero nos pide que lo sigamos y nos sienta en

una de las mesas del fondo. El pequeño Oliver corre al asiento más pegado al tubo iluminado y admira la carrera multicolor de platos que desfilan por las dos cintas. Su padre y yo pedimos dos Sapporo y una botella de agua. Para cuando nos queremos dar cuenta, el pequeño Oliver ha construido una torre de seis platos relamidos que no hará falta ni que los frieguen.

—«Señor», ¿cómo te puedes apañar para comer tan rápido con un brazo escayolado? —le pregunto, y el niño hace caso omiso, obnubilado por unas brochetas de pollo que se acercan desde lejos—. Por cierto —ahora me dirijo a su padre—, ¿cuándo me ibas a contar que tu hijo se ha roto el brazo?

—Calla, calla. Que he tenido que «rescindir contrato con la "jefa"» y todo —mascullla Oliver mientras el camarero aparece para llevarse la torre de platos.

—¿Otra vez? ¿Qué ha pasado ahora?

Para que no se entere su hijo, Oliver y yo hemos depurado un sistema para hablar de sus líos amorosos; todo lo disfrazamos con términos de relaciones laborales. En «términos», nunca mejor dicho, porque con Oliver toda relación termina incluso antes de empezar. «Jefa» es toda mujer con la que tenga algo. «Rescindir contrato» es romper. «Pedir un ascenso» es que la chica quiere «ir en serio» (y Oliver no conoce ese medio de transporte).

Oliver y la madre de su hijo rompieron cuando «el señor» (como lo llama él) solo tenía siete meses de edad y no sabía ni gatear. La madre del niño y Oliver descubrieron que como pareja sacaban lo peor de cada uno, pero como compañeros de crianza hacían buen tándem. La madre rehízo su vida año y medio después y se casó hace cuatro meses. Oliver nunca ha sabido rehacer su vida porque es incapaz de quitarse la capa de padre cuando intenta conocer a alguien y se autosabotea al primer revés.

—Te juro que todo estaba fluyendo con esta «jefa». Pensaba que esta vez «iba a pedir un aumento de sueldo» y todo.

—¿Un «aumento de sueldo»? ¿Tú?

—¡Sí! Así que fíjate cómo tenía que fluir la cosa. Cada vez que «salía de trabajar» solo pensaba en «volver a fichar» al día siguiente. El martes no me tocaba el señor y pedí «trabajar». Tenía la tarde libre y podría haber estado con él —dice, y señala al niño mientras este se come un *sashimi*—, pero decidí que, como hombre que tiene su propia vida y sus necesidades, también merecía estar en el «mundo laboral». Así pues, me reuní con la «jefa». Con tan mala suerte que, a mitad de la tarde, me llamó la madre de Oliver desde el hospital porque el niño dijo que quería ser nadador olímpico y se había partido el brazo al saltar desde el sofá de cabeza. Total, que me sentí tan mal padre por no haber estado con él que hablé con la «jefa». Le dije que lo sentía mucho, pero que «solicitaba el despido» con carácter inmediato.

—Tita Lea —interrumpe el pequeño Oliver dándonos un plato sepultado de *sushi* que ha juntado de otros tres platos—. ¿A que a papá siempre le despiden de los trabajos?

—Siempre, Oliver. Pero eso es porque está esperando el mejor «trabajo» de todos. Uno que le dé mucho dinero y que no le quite tiempo para estar contigo. Lo que papá no sabe es que si no pone de su parte, no va a llegar ese «trabajo» nunca —contesto mientras logro alzar un *maki* de anguila con los palillos

—Y tú, tita, ¿tú estás triste porque te has enfadado con tu novio?

El *maki* de anguila salta de mis palillos al suelo.

Cuando venía de camino, me llamó la atención un camión grúa que había arrancado a su paso todos los espejos retrovisores izquierdos de una hilera de coches aparcados. Era como si una bestia metálica con gancho, creada para llevarse a los coches «malos», ahora se dedicara a imposibilitar que todos los coches pudiesen mirar hacia atrás. No sabía que el camión grúa era el pequeño Olivín. ¿A qué edad se empieza a saber meter el dedo en la llaga?

Miro amenazante a Oliver. Sin modificar mucho el gesto, lo aliño con dulzura para responder al niño. Mi cara tiene que dar miedo.

—¡Anda! ¿Eso te ha dicho papá?

—Papá me dijo que él no podía venir al cumple porque os habíais enfadado un poco —contesta, mientras se jala un *bao* con pollo empanado—. Y que, a lo mejor, te vienes a vivir con nosotros un tiempo, ¿te vas a venir con nosotros?

—A ver…, todavía no se sabe. Estoy mirando pisos y…

—¡Podrías dormir conmigo! —interrumpe, encendido—. Si quitamos a los peluches de Sonic, Tails, Knuckles y Shadow, podemos dormir los dos.

—Señor, creo que tu cama es un poco pequeña para los dos.

—Pues… puedes dormir con papá y os dejo a Sonic para que no tengáis miedo —añade, sin posibilitar ningún tipo de negativa.

Al escucharlo, a Oliver se le sale la cerveza por la nariz como un sifón.

—Por cierto —dice el niño mirándonos a los dos—, ¿sabéis que hoy mi peluche de Sonic también cumple un año? Porque cumple años el mismo día que yo.

—Claro que lo sabía, listillo —responde Oliver—; por eso, cuando soples velas, pondré una más para que sople Sonic.

—¿Puedo soplar las velas ya?

—Vamos a hacer una cosa. Mira la cinta y busca el trozo de tarta más rico de todo el restaurante, pero tiene que ser el más rico, ¿eh? Cuando lo encuentres, dímelo y ese es al que le pondremos velas.

—¡Vale! —La euforia contesta por él con tanta hiperactividad que, mientras habla, sus ojos apuntan al tubo.

Acto seguido, el niño se toma esa búsqueda de la porción de tarta perfecta como el reto de su vida.

—¿Ya has mirado algo? —me pregunta Oliver.

—Un par de cosillas, pero nada que me llame —respondo, incómoda.

—¿Nada nada?

—Mmm… Nada, en serio.

—Pero ¿quieres alquilar o comprar?

—A ver…, es que solo he mirado por encima.

—Lea, no te quiero poner nerviosa, sabes que la cagaprisas sueles ser tú y yo soy el que, a última hora y de manera totalmente inmerecida, siempre da con el chollo padre, pero estamos a 27 de mayo y el 28 de junio, 29 como tarde, tienes que dejar la casa limpia y rezar para que os devuelvan la fianza.

—Si ya lo sé, pero… ¡estoy bloqueada! —respondo, y me llevo las manos a las sienes—. Es meterme en los anuncios y me bailan las letras, todo me parece inflado, no hay ninguna casa donde me vea, por no hablar de que todo está carísimo. El otro día, por un piso de sesenta metros cuadrados y dos habitaciones, me pedían 1.350 euros por el mes en curso, otro mes de fianza, mes de la agencia (que ese es más el IVA), y cuatro meses de depósito por ser una mujer trabajadora soltera… ¿Total? 9.733,50 euros solo para entrar a vivir.

—Es que esa es la trampa del alquiler.

—Oliver, tú vives de alquiler…

—Ya, pero tengo un hijo de seis años que hace dibujos a mis caseros y ellos nos envían una cesta todas las Navidades. No cuenta. A lo mejor podrías plantearte comprar una casa…

—Otro como mi padre… Sí, claro. Cuando el fondo buitre haya troceado mi piso en cinco pisos de veinticinco metros cuadrados, pido hacerme con uno de los zulos. O mucho peor… Imagina vivir en un edificio bonito, en una buena zona de Madrid. Uno con su terraza mirador, etcétera, y que, de la noche a la mañana, te pongan en tu fachada un Factory Colchón. Pues, mira, como que no…

Oliver se descojona y saca el teléfono móvil.

—Lo primero, coge *mochis* que el señor está dejando sin existencias al restaurante. Ya sabes que el pequeño Oliver tiene un estómago extra para los postres.

—Pero ¡si cuando nos hemos sentado aquí no salía ninguno!

—Ya, pero se van desbloqueando según comes —bromea Oliver, y me acerca un plato blanco (por lo visto, los platos blancos solo están destinados para los postres) con un *mochi* de chocolate—. Y lo segundo, te propongo algo para romper el hielo: ¿a que todavía no has llamado a ningún anuncio para concertar una cita?

—¡Si te he dicho que me bloqueo! ¿Cómo voy a llamar?

—Voy a mirar por la zona, ¿vale? ¿De cuántos metros te gustaría que fuese la casa?

—Oliver, no me jodas…

—Papá —interrumpe el niño—, tita Lea ha dicho una palabra fea, ¿ella también me tiene que dar una moneda?

—Las reglas son las reglas —responde Oliver, y me indica con la mirada que le tengo que dar un euro al jodido niño. Accedo mientras no cambia de tema de conversación—. Lea, es un juego. No te compromete a nada. Llamas, ves la casa guiada por uno de la inmobiliaria que te quiere hacer el lío, si no te convence dices «que lo tienes que valorar porque no pensabas dar con la casa perfecta en la primera visita», y hasta nunca. Pero tienes que romper el bloqueo por algún sitio y lo vas a hacer llamando a la primera casa que salga.

—Te voy a matar —musito para que el pequeño Oliver no me regañe por decir palabras feas—. No sé, entre noventa y ciento cincuenta metros cuadrados.

—¡Jopé con la duquesa! —exclama Oliver mientras añade, en lo que parece que es Idealista o alguna app de ese tipo, el tamaño de la casa—. ¿Precio?

—¿Doscientos… cincuenta mil?

—Espero que pidas un aumento de sueldo en la clínica, porque si no… Voy a poner trescientos mil, para redondear.

—Cómo se nota que no los vas a pagar tú.

—Lea, son cincuenta mil más, eso te lo da el banco sin pestañear.

—Pues como el banco no me los dé, van a salir de tu bolsillo.

—Me arriesgaré. Tipo de vivienda: piso, ático, dúplex, casa o chalet.

—Dúplex, casa o chalet. Si voy a comprar una casa para vivir toda la vida, no quiero tener a ningún vecino encima de mí con un hijo aprendiendo a tocar la flauta dulce.

—No se te escapa ninguna variable. ¿Habitaciones?

—Dos como mínimo —respondo ahora con velocidad. Oliver sonríe victorioso al ver que he entrado en su juego de lleno.

—Perfecto. ¿Baños? Uno, esto te lo pongo yo. «Buen estado», que no estás tú como para invertir en reformas y, «fecha de publicación», las últimas cuarenta y ocho horas. ¿De acuerdo?

—Es tu juego, así que poco tengo que objetar.

—Con tus preferencias, solo hay una vivienda disponible. ¿No ves que es una señal? —contesta Oliver alborozado por su propia invención. Me da el teléfono—. Toma, te dejo a ti los honores de ver tu futura casa.

—Papá, ¡he encontrado la mejor tarta! —grita el niño con el brazo no fracturado atrapado en el tubo mientras se le escapaba el plato con la tarta. Un camarero tiene que venir para ayudarlo y Oliver saca una vela con el número seis y otra vela sin número para Sonic, que también cumple años. Durante los preparativos, pulso para ver la vivienda.

CASA INDEPENDIENTE EN CALLE
ISLAS ALMIRANTES – VALDEZARZA, MADRID
250.000 €
4 hab. / 2 baños / 225 m²
GLOBALPISO Antonio Machado vende la NUDA PROPIEDAD de este magnífico chalet INDEPENDIENTE situado en la zona de Valdezarza por el fantástico precio de 8.288 belmonteños (250.000 euros).
Sus actuales propietarios tienen 86 años y 90 años respectivamente.

No dude en solicitar una visita, tenemos la casa ideal que estaba buscando.

Publicado el 27/05/2023 a las 13.55

Oliver prende las velas, la del seis de Olivín y la vela extra del erizo azulado. El niño es un Éolo de bolsillo con los carrillos llenos de soplidos contenidos. Su sonrisa es mi rosa de los vientos cuando estoy perdida. La cámara graba. La mala acentuación de «te desé-amos to-dooos». Solo los narcisistas intentan afinar cantando el «Cumpleaños feliz». El señor no sopla, su boca genera un documental de cómo se fabrica un tornado a lo *National Geographic*. Hilo negro y olor a cera. Después, el aplauso. El de nuestra mesa y el de algunas mesas cercanas que muestran simpatía.

—Bueno —prosigue Oliver, sin dejar de grabar a su hijo abriendo los regalos—. Era la casa de tus sueños, ¿sí o no?

—Oliver —contesto, y le devuelvo su teléfono—, es uno de los anuncios de pisos más raro que he visto en mi vida. ¿Tú sabes lo que es una «nuda propiedad»?

4

Escadas das Verdades

Eu troco a estrella por um beijo seu,
eu troco aquela lua pelo seu olhar,
eu deixo de viver meu paraíso,
minha verdade é você, meu lar.

MC RITA, «Amor de verdade»

De madrugada dueles más.

Tengo la fútil teoría de que la nostalgia es una tarta con nervio a repartir entre todos los que echamos de menos y que, cuando todos duermen, se ceba con los pocos a los que el amor les ha quitado el sueño. La tarta de cumpleaños de Oliver me supo a gloria. Esta me repite.

Peregrino hasta el salón y contemplo la hilera de luces que delimitan el horizonte de la sierra de Madrid. Desde aquí, parecen gotas de aceite atrapadas en una tela de araña. Con esta oscuridad, podría ser la sierra como podría ser la luz de las embarcaciones de un puerto marítimo luso.

Recuerdo nuestro viaje a Oporto hace dos veranos. Ibas en busca del mejor bacalao a orillas del Duero cuando nos topamos con las Escadas das Verdades; una escalinata pintoresca en el barrio de Barredo que desembocaba en la zona de la Ribeira. «Creo que voy a hacer un corto sobre esas escaleras», me aseguraste pensativo mientras esperábamos una copa de vino para alargar la sobremesa después de comer por encima de nuestras posibilidades. «Ah, ¿sí? ¿Y de qué trataría?, ¿de una pareja de españolitos que baja una escalera gigante para enfrentarse a un ejército de gaviotas asesinas?», te pregunté. Y lo hice embelesada. A veces solo hacía ese tipo de preguntas estériles para prepararte una rampa de salto y que pudieras lucirte con tus ideas. Ideas que nunca llevabas a cabo porque eras incapaz de materializarlas, pero que siempre tenías. «Mira, imagínate. Un chico y una chica se topan con la placa de la escalera: ESCADAS DAS VERDADES. Y él le propone un juego a ella: en cada escalón, uno de los dos tiene que decir una verdad inconfesable que el otro no sabe o, en su defecto, reconocer una mentira (piadosa o dolorosa), o una media verdad, que hubiera dicho en su día, ¿vale? Empiezan el juego. Los primeros escalones son sinceridades inofensivas, pero, a medida que van bajando la escalera...», me narrabas con la mirada eléctrica. Siempre se te veía tan seguro en tus preparativos irrealizables que, cuando no te seguía el juego, me lo creía. Si la intención es lo que cuenta, ahora mismo serías millonario. «Vamos, que al final de la escalera, "rosario de la aurora" y cada uno por su lado, ¿no?», apunté, mientras el camarero nos servía el vino dulce. «A veces subestimo tu capacidad de leerme el pensamiento», contestaste, a lo que yo (con una gaviota mendiga como testigo) te reté: «Y tú, ¿te atreverías a hacer ese juego conmigo?». Al ver que tu sonrisa socarrona ahuyentaba a la gaviota, no tuve que hacer muchos esfuerzos para adivinar tu respuesta mientras agarrabas mi mano y mirabas con pavor la escalera a lo lejos. «Déjame al menos bajar la comida. Hay verdades que pueden esperar». Y lo dijiste como si las mentiras no se hiciesen de rogar.

5

Belmonteños y criptomonedas

Queremos pan,
queremos vino,
queremos al alcalde
colgado de un pino.

KADUKA 92,
«Himno del Reino de Belmonte»

—Papá, acabo de salir de la clínica, pero no me lo coges tú ahora, ¡no nos ponemos de acuerdo! —le regaño en un mensaje de audio—. Cuando salga de ver la casa, te llamo y te comento impresiones. El de la inmobiliaria, majísimo. O eso parece. A ver, supongo que todos los que llaman de una inmobiliaria parecen majos por teléfono, si no, dime tú. Dice que soy la primera en mostrar interés y que, si me interesa, la casa será mía porque el dueño tuvo un «susto» y quieren vender cuanto antes para dejarlo todo atado. Creo que te dije que son muy mayores. No me ha dicho qué tipo de susto tuvo el dueño, pero... Ahora que me escucho, ¡vaya mal rollo! Bueno, eso sí, me ha pedido que quedemos veinte minutos antes porque me quiere comentar un par de «singularidades». Luego te cuento si era un timo o no... Anda, que al final, como siempre, te digo que luego te llamo y te largo todo por aquí.

Lo de la «nuda propiedad» no se lo digo, aún estoy asimilando el concepto.

Cuando le enseñé el anuncio a Oliver, no le pilló por sorpresa. Mi amigo es el típico sabiondo que sabe de todo, y de lo que no sabe se empapa hasta ser experto en la materia, para luego explicártelo con su peculiar manera de contar las cosas para restarle pedantería. «A ver, es una vivienda para invertir. La compras, pero no puedes habitarla hasta que los que viven en ella ya no… vivan, así que tampoco te asustes mucho por el estado de la casa porque suelen ser chollos para reformar», me explicó cuando nos habíamos ido a otro lugar a tomar el café (porque, parece ser, en los *running sushi* tienen de todo menos café), y tras dejar al niño con su madre, que lo venía a recoger para llevarlo a su fiesta de cumpleaños con sus compis de clase. Oliver se uniría después. «¿Cómo que hasta que ya no vivan?», pregunté. «Lea, pues hasta que dejen de compartir aire con nosotros y su materia se convierta en un tema de conversación entre micelios. Tú pagas la casa, y no puedes vivir ahí hasta que se mueran. De ahí la rebaja tan grande», continuó. «Por Dios, pero ¡eso es como…!», quise hacer una comparación, pero Oliver la superó. «Como una necroporra donde has puesto todos tus ahorros y esperas a que la espichen para recoger el bote y el juego del programa».

Llego al bar donde me he citado con el hombre de la inmobiliaria (y con su voz sugerente) diez minutos antes de las 18.30. El bar parece un set de una *sitcom* costumbrista española. Maceteros externos con el escudo de un equipo de fútbol. Una bombona de butano que parece un perro faldero a los pies de uno de los tres taburetes sin barnizar. Una mesa alta apoyada en la fachada o una fachada apoyada en la mesa alta porque se cae a trozos. Sentados, tres feligreses de obra. De esos que ya tienen confianza y solera como para entrar tras la barra y ponerse ellos mismos las consumiciones. Aunque se llama Bar El Paso, de su letrero se han borrado letras hasta reducir su nombre a B*R E* PASO. Intento asimilar esta postal cuando una voz masculina me llama por mi nombre con la entonación de una pregunta.

—¿Lea? Soy Nacho Soto. Eh… Hemos hablado por teléfono.

Una vez leí por ahí que una de las desilusiones más dolorosas que pueden existir es conocer la cara que hay detrás de un buen locutor de radio. Ahora puedo añadir que es extensible a los vendedores de casas.

El bueno de Nacho Soto no es que sea rematadamente feo, pero es desproporcionadamente normal. Todos sus rasgos juegan en su contra. Es un hípster barbilampiño, con una falta de vello facial que saca a relucir las cicatrices del acné. Casi sin cuello y con el primer botón de la camisa a punto de generar desperfectos en la vía pública. Espalda ancha y ausencia de hombros. Manos sudorosas y peludas (lo que no tiene en la barba se repartió por las extremidades). De muslo ancho y pantalón pitillo. Y con el lenguaje no verbal de una persona insegura que va a morir infartada antes de los cuarenta. Me cae bien.

—Hola, Nacho —lo saludo, y le doy un toque en el hombro para evitar darle mi mano, libre de sudoración—. Eres también de los que prefieren esperar a que los esperen, ¿eh?

—Es que antes de ver la vivienda te quería poner en antecedentes, que hay mucho que contar —dice, y señala la puerta del bar—. ¿Entramos?

El B r E Paso tampoco mejora en su interior. Hay una señora mayor en la barra que, si no es ella, se parece mucho a una que salió hace poco en la tele. Era un reportaje sobre una mujer que tenía la casa repleta de cuadros pintados por ella misma de la reina Letizia cuando era presentadora de noticias. Cuadros de diferentes tamaños y marcos de la Letizia del telediario. Letizia de perfil. Letizia de frente. Letizia apoyada en su antebrazo. Letizia en pose casual ordenando folios. Yo soy de las que cree en la leyenda urbana de que la reina consorte es, en realidad, una periodista infiltrada que sacará en un par de años el reportaje de su vida. Al tiempo.

Nos sentamos a una mesa tranquila y Nacho Soto pide un agua con gas.

—¿Hay algo que no sepas de la nuda propiedad y quieres que te aclare? —me pregunta—. Entiendo que no es lo habitual y puede ser un poco lioso.

—Si compro la casa. Hasta que dejen de viv…, digo, hasta que no haya defunción, nada, ¿no?

—Exactamente. El comprador de la nuda propiedad, compradora en este caso, no puede hacer uso del usufructo hasta que la parte vendedora fallezca. En ese mismo instante, el usufructo se rompe y la nuda propietaria, tú, pasarías a ser automáticamente la propietaria del cien por cien del dominio de la vivienda. ¿Me explico?

—Sí…, de momento no me he perdido.

—Por suerte para ti, en este caso, la casa solo está a nombre del marido, así que, si compras la casa, la esposa tendrá que firmar un contrato de arras y una escritura pública ante notario y tendrá que abandonar la vivienda en el momento del fallecimiento del vendedor —prosigue y baja la voz—. Y esto no me gusta decirlo en voz alta, pero el dueño acaba de volver del hospital y no pinta muy bien. Perdóname la expresión porque para nada soy un tiburón de la inmobiliaria, pero es una oportunidad de inversión muy buena —finaliza con las manos en remojo por los nervios.

Se le nota que está igual de incómodo que yo a la hora de mercadear con la muerte.

—Pero ¿el hombre está bien como para recibir visitas? —le pregunto.

—No habla mucho, a veces tiene contestaciones fuera de lugar (debido a la enfermedad), pero lo que es enterarse se entera de todo. Cuando me reuní con Inocencio y Estrella, que así se llaman, tenía la mosca detrás de la oreja. Temía que la mujer operara por su cuenta aprovechando que el anciano ya no está en plenas facultades, pero el hombre se entera de todo todo. Tiene sus ratos, pero quiere que, cuando él falte, su mujer viva en la mejor residencia, con todo tipo de cuidados. Que tenga la última vida que merece. Y ella no se ve en esa casa sin su Inocencio.

Por ahora, todo tiene lógica. No es una estafa ni parece que tenga letra pequeña.

—Entonces es fácil el trato con ellos, ¿no? Porque si me tengo que comunicar con ellos regularmente…

—Son muy buena gente, te lo aseguro. Pero lo de Inocencio ya te adelanto que es un poco inminente. Cuestión de semanas o un par de meses, como mucho.

—Ya… Qué raro se me hace hablar de «eso». Bueno, gracias por prepararme. Una última cosa antes de ver la casa. Eso del precio en «belmonteños», ¿qué es? No será una criptomoneda, o un NFT, ¿no?

Aunque no veo a los ancianos como *criptobros*.

—¿Criptomoneda? —Nacho se descojona—. Qué va, ojalá fuera eso…; de hecho, este es el motivo por el cual quería hablar contigo: ¿sabes lo que es Cerro Belmonte?

—¿Una fosa común de la Guerra Civil?

—No. Verás… —contesta, y se incorpora, incómodo—. Antes de 1990, este barrio era de casas bajas y amplias con grandes patios construidas a mano por sus habitantes. Era como un pequeño pueblo delimitado por Sinesio Delgado, la calle Villamil y Peña Chica. El alcalde de por aquel entonces, alegando que las casas eran chabolas e infraviviendas que se habían construido de manera ilegal, creó un proyecto de expropiación para erradicar las bolsas de pobreza en Madrid, que echaba las casas abajo para destinar el suelo vacante a viviendas de uso comercial y habitacional.

—Vamos, que los quería echar por la cara.

—Decía que recolocaría e indemnizaría a todas las personas afectadas. ¿El problema? Pues que solo les quería pagar 5.018 pesetas por metro cuadrado y ese suelo estaba, por aquel entonces, tasado en doscientas mil. O, si no, realojarlos muy lejos de esta zona, separándolos de sus familias y raíces.

—Especulación urbanística en tiempo de la peseta. Entiendo.

—En todo su esplendor. Pues los vecinos, ahí donde los ves, hicieron huelga de hambre, se encerraron en iglesias, se manifestaron, etcétera, pero Agustín Rodríguez Sahagún (el alcalde) no les hacía ni caso. En julio del noventa, aprovechando que Fidel Castro estaba a la gresca con Felipe González, la abogada que tenían estas personas, Esther Castellano, vio una oportunidad en todo el quilombo y entregó en la Embajada de Cuba una petición de asilo político firmado por los doscientos cincuenta vecinos. Fidel, que no era tonto, vio la oportunidad política y habló en un discurso durante una hora de los hermanos y hermanas de Cerro Belmonte secuestrados por el poder opresor del pueblo español.

—No te creo.

—Está en internet. Y no solo eso. Fidel Castro invitó a veinticinco familias a pasar unos días en Cuba. Cuando estas familias llegaron a La Habana, fueron recibidos como líderes políticos. Incluso el líder cubano les ofreció que se quedaran a vivir allí, cosa que los vecinos y vecinas rechazaron. Eso sí, tras este acto, todos los medios de prensa internacionales se hicieron eco de lo que estaba sucediendo en Cerro Belmonte. Y Esther Castellano dio un ultimátum al Gobierno para que mejorara las condiciones del acuerdo. O si no…

—Si no, ¿qué? —respondí como si fuese una colegiala en un campamento de verano que escucha historias de terror alrededor de una fogata.

Estaba claro que Nacho era desproporcionalmente normal, pero un virtuoso a la hora de contar historias.

—Pues que, si no, el barrio de Belmonte se constituiría como Estado independiente convocando un referéndum de manera unilateral. Conformarían su propio Gobierno, diseñarían su propia bandera y acuñarían su propia moneda…

—El belmonteño —completo, y aparento suspicacia.

—Eso es. El alcalde volvió a ignorarlos, por lo que, en septiembre de ese mismo año, el barrio de Belmonte celebró elecciones para decidir sobre su secesión de España. Como no tenían ninguna junta electoral, la votación se llevó a cabo en casa de una de las vecinas, la Desi.

—¡La Desi! ¡Qué simulación! ¿Y qué eligieron?

—Doscientos doce votos a favor de salirse. Solo dos votos en contra. Así nació el autoproclamado Reino de Belmonte, que incluía el Principado de Villamil y el Condado de Peña Chica. Y cerró sus fronteras.

—¡La leche!

—Hicieron su himno… ¡Hasta una Constitución! Y su propia moneda, el belmonteño, que equivalía a 5.018 pesetas. La misma cantidad que les querían pagar por metro cuadrado. Para financiarse, construyeron un peaje en Sinesio Delgado.

—Generando necesidades, bien jugado. ¿Y cómo prácticamente nadie sabe de esto?

—Pues porque la independencia solo les duró una semana, literalmente. El Ayuntamiento reculó y canceló las expropiaciones, por lo que el nuevo Estado constituido volvió a ser español. Años después, las vecinas y vecinos renegociaron las condiciones con un mejor precio y fueron realojados en barrios cercanos. El pueblo había ganado.

Acto seguido, Nacho Soto, el trabajador de la inmobiliaria y cuentacuentos, hace una firma al aire a la camarera para que traiga la cuenta, que ya la tenía preparada.

—Nacho, ya solo por conocer esta historia me merece la pena ver la casa, me cuadre o no. Vaya ejemplo de valores y lucha vecinal —le digo mientras paga y nos acercamos a la puerta—. Entonces, Inocencio y Estrella han puesto lo del precio en belmonteños como una especie de guiño histórico, ¿no?

Nacho cambia el gesto por una seriedad de proporciones áureas.

—No, Lea. De eso te quería hablar —contesta, y se detiene—. Escúchame con atención. Esto no es una cámara oculta ni una broma de algún amigo o pareja. Tampoco una estafa o fraude. Ni siquiera una apuesta que tengo que ganar en la inmobiliaria. No sé qué papel desempeñaron Estrella e Inocencio en todo este acontecimiento, pero desde el primer día que él enfermó y entró en el hospital, ha desarrollado la firme creencia de que siguen independizados de España y que el Reino de Belmonte, el Principado de Villamil y el Condado de Peña Chica han prosperado hasta nuestros días. Los médicos no saben si es un shock postraumático, pero le recomendaron a Estrella que le siguiera el rollo. Toma —confiesa, y me da un papel que parece un documento oficial—. Así que, si quieres la casa, mientras Inocencio viva, este suelo es el Reino de Belmonte.

No me he dado cuenta de que vamos andando, debido al flipe del asunto, cuando Nacho se detiene en un portal y llama al telefonillo.

—¿Qué? Pero…, cómo… No puede… ¿Esto qué es? —intento preguntar.

—Un «visado» que he falsificado para que te dejen entrar en la casa. Inocencio cree que no se puede sin pasaporte, así que, si te pregunta, di que buscas asilo político. Ya lo he apalabrado todo con Estrella y me ha comentado que será algo así como tu agente doble. No te preocupes, ella te ayudará en todo.

—No voy a coger ningún visado —le respondo nerviosa.

—¿Diga? —contesta una voz femenina chillona.

—Soy Nacho, de la inmobiliaria.

—Ah, ¡el niño! Pasa, pasa.

La puerta se abre. No sé si salir corriendo, si decirle que se vaya a reír de su tía, o si llamar para llorarle a mi padre, pero a ningún novio he agarrado más fuerte que a ese falso visado. Nacho respira tranquilo.

—Vale. Ya puedes conocer a Estrella e Inocencio. ¡Bienvenida al Reino de Belmonte!

6

La Estrella de Belmonte

Entra mejor por detrás,
que no te vea nadie,
vente tal cual como vas
que no te falte el aire.

ARDE BOGOTÁ, «Antiaéreo»

Hay señales inequívocas que indican que te estás haciendo mayor. Están por todas partes, solo tienes que fijarte en pequeños detalles con espina: los poros salen a presumir al mismo tiempo que a la piel le cortan la luz. Tienes que agendar las salidas de fiesta para cuadrar la acidez y las resacas (no como Oliver, que siempre se despierta como una rosa). Tienes que girar, cada vez más, la ruleta del año de tu nacimiento cuando te registras en una página de internet. En la peluquería, destinan cada vez más esfuerzos a darte consejos sobre cómo debes cuidar el pelo. Visitas casas de la mano de una inmobiliaria para que el día de mañana tengas una referencia catastral donde caerte muerta, y el algoritmo de Instagram te recomienda rutinas de ejercicios sin impacto para mujeres mayores de treinta, con vídeos de señoras que podrían tener una edad comprendida entre los cincuenta y cinco y los setenta. Mujeres canosas de pelo corto con camisetas *roly* azul cielo, hombros al aire y mallas deportivas. Mujeres que, ríete tú de ellas si se sientan en la máquina de remo de tu izquierda en el gimnasio, porque cuando tú tengas los lumbares abrasados, las muñecas abiertas y los isquiotibiales a punto de reventar, ellas solo estarán subiendo pulsaciones.

Se abre la puerta de la casa y compruebo que Estrella tiene que ser una de esas mujeres *fit*.

El pequeño Olivín me comentó el otro día, en su Julioiglesiasmanía, que este año Julius Churches cumplirá la friolera de ochenta años. Pues esta mujer, con cero unidades de bótox en los pómulos, me parece genéticamente imposible que sea seis años mayor que el hijo de Papuchi. Espigada como una pértiga. Cuerpo fibrado hasta la envidia. Moreno dorado sin indicios de tanorexia. Acaban de transcurrir décimas de segundo y ya sé que no para quieta ni durmiendo. Si hay «personas vitamina» (que iluminan y llenan a los demás con su presencia), Estrella debe de ser una «persona cafeína» (que ponen nerviositos perdidos al resto).

—Niño, ¡que habéis llegado antes de tiempo y lo he tenido que dejar aparcado en el salón! —recrimina a Nacho mientras entorna la puerta tras ella. Acto seguido repara en mi presencia y cambia el reproche por una cortesía fracasada—. Perdóname, hija, por estos modales. Al carajo la primera impresión, pero Nacho te ha contado, ¿no?

—Sí, la he puesto al tanto —se apresura a decir Nacho.

—Creo que sé lo básico, pero...

—Tú no te preocupes que yo te ayudo, ¿eh? —interrumpe, y creo que sus interrupciones van a ser lo único asegurado en esta visita—. Siento de veras esta situación. Seguro que pensarás que nos falta un tornillo o algo así y estarás asustada.

—No, de verdad, si no estoy para nada...

—Que es normal que te asustes —vuelve a interrumpir—, pero, mira, el médico me comentó que en esta fase de la enfermedad a veces se dan procesos similares y que, ante la duda, es mejor no llevar la contraria para no generar más desorientación.

—Pero ¿cómo ocurrió? ¿Un accidente o algo así?

—¡El cangrejo!

—¿El cangrejo? —pregunto.

—Lea…, cáncer —aclara Nacho.

—Ah…, perdón, no sabía…

—Hija, ¿qué ibas a saber? No lo íbamos a poner en el anuncio de la casa como reclamo. Mi marido tiene un tumor cerebral. —Coge aire como si la perforase el término—. Me cuesta todavía decirlo, ¿eh? Un cangrejo que le va a devorar hasta los olvidos. Ya en el hospital, Ino se despertó en la camilla y discutió con todos los médicos y enfermeros de la planta. Decía que él no era español desde los años noventa y que lo trasladasen al hospital de Belmonte. Casi se arranca la vía del suero él solito, el muy bruto. De esto hace ya unas semanas —me explica, mientras su sonrisa disimula la tristeza que pregonan sus ojos. Parece que vuelve en sí—. Perdón, hija, no me enrollo más. Que querrás ver la casa.

Intento asentir sin difuminar la empatía. Nunca sé cómo actuar con las personas que se esfuerzan por mostrar entereza. Yo no lo hice cuando a mi madre le ocurrió lo mismo, pero la entiendo. «Mantener» siempre me ha parecido un verbo sin nervio. «Mantener la compostura» es un bodegón de casquería y cartílagos. Un castigo evitable. A lo mejor, si yo hubiese tenido un par de años más, habría

65

actuado igual. Es raro encontrar a la niña aterrorizada que fui en los ojos de una anciana.

—¿Y qué tengo que hacer? Es decir, ¿qué le digo si me pregunta? ¿Está en condiciones como para hablar?

—Hoy tiene uno de esos días en que no calla. No te asustes si dice algo inapropiado. A veces el cangrejo le pela el cable. Tú sobre todo muéstrate segura ¡y enfadada! Sobre todo, enfadada —contesta, y me agarra los hombros. Tiene fuerza en los dedos. No descarto que Estrella vaya a un club de octogenarios que quedan para escalar todas las semanas una pared de dieciséis metros—. Di que has pedido asilo político porque te has sentido maltratada por el Ayuntamiento y ¡santas pascuas! Si veo que necesitas ayuda, te llamo para enseñarte otra habitación y te cuento cómo está yendo, ¿de acuerdo?

Asiento con convencimiento pálido y los tres cruzamos la puerta de la entrada como si fuese el portal de *Stargate*. Sí, otra de las señales inequívocas de que te estás haciendo mayor es que sepas lo que es *Stargate*.

La entrada principal da a un tranquilo patio privado con un jardín cuidado y un camino insinuado por piedras que hacen la función de baldosas. No parece Madrid. No parece 2023. Tengo la sensación de que pasarán treinta años y este secreto seguirá intacto, escondido de la vorágine exterior. Se nota que Estrella es una manitas. Una de esas personas que tienen la casa impoluta como única manera de desoír sus pensamientos. Tiene hasta una fuente de adorno.

—Aquí, a la derecha, hay una caseta que utilizo para guardarlo todo y que hace las veces de casa de herramientas, pero también se puede utilizar como zona de juegos si... ¿Tienes hijos? —me pregunta.

—¡Qué va! No he sentido la llamada.

—Pues no lo demores mucho, que luego vienen los arrepentimientos y cuando una quiere, ya no puede...

El silencio se expande en el patio como una carta abierta con carbunco.

—Lo digo porque yo nunca pude, hija, y esa pena me la llevaré a la tumba —añade como si tuviese ese dolor encapsulado.

Otra señal de que te estás haciendo mayor es la necesidad de llenar huecos. Silencios, horas muertas, cosas que hacer antes de salir, tápers con sobras, fecundar a otras mujeres con los hijos que no pudiste tener, rellenar heridas profundas con pegamento... ¿A qué edad se deja de meter el dedo en la llaga?

—Tuvo que ser duro —me compadezco, estéril. Y con estas cuatro palabras me trago todo mi arsenal de retahílas que podría lanzarle para evidenciar que mi «mujerazgo» no depende de la maternidad. Ella lo intuye y prosigue con la ruta.

—Las paredes de fuera están pintadas con pintura térmica para no tener mucho calor en verano ni frío en invierno —explica Nacho, en un intento de cambiar la conversación y ganarse el suelo.

—Pinté toda la fachada con Ino. Dos días tardamos. Ahora, que ya no queda otoño ni primavera para los poetas, me agradecerás lo a gusto que se está dentro —añade Estrella.

—Y aquí tenemos el porche, que nos hace de entrada

principal. Desde aquí se puede acceder al salón; también hay un acceso directo a la cocina y a la planta superior desde el mismo patio —continua Nacho.

De pronto, llaman a la puerta desde dentro, como si golpearan con un martillo pequeño.

—¡Mamá! ¡Mamá! —exclaman con urgencia desde el otro lado de la madera blindada. Un timbre de voz aguda con una pronunciación que parece la de una niña pequeña extranjera que ha aspirado helio.

—Ricardo, ya entro, amor —responde Estrella para tranquilizar a esa voz.

—¿Ricardo? ¿Mamá? —pregunto.

De todas las señales que indican que te estás haciendo mayor, la definitiva es ver la boca del lobo ante tus narices y querer que te la enseñen por dentro para ver si la quieres reformar.

7

Cágate, lorito

Si te pilla bailando te come la oreja,
mucho piki-piki pero nunca entre rejas,
todo fantasmadas, blasfemias y quejas,
eres un bocachancla, ni las sobras me dejas.

STAY HOMAS & PJ SIN SUELA, «Cacatúa»

—Ricardito, ¡ven aquí, hijito mío!

De pronto, un relámpago perla con cresta amarillenta escala por la espalda de Estrella hasta instalarse en su hombro.

—¿Quiere cacao? ¿Quiere cacao? —articula el ave moviendo la cabeza como si bailase.

Estrella saca una cereza del bolsillo y me la ofrece para que se la dé al pájaro.

—Ricardito, esta es Lea y hoy te va a dar la chuche, así que tienes que portarte muy bien —le informa, y el pájaro parece entenderla a la perfección. Yo miro a Nacho y este se desentiende de todo, como un esbirro de una película mala en la escena de una pelea grupal. Tengo la sensación de que dentro de esta casa la iniciativa de la visita tendré que llevarla yo.

Extiendo la mano plana con la cereza, tal y cómo aprendí de pequeña en la granja escuela cuando me obligaron a dar de comer pienso a los caballos. El pájaro me mira fijamente mientras continúa con su danza rechoncha. Sus ojos parecen dos puñaladas en una bolsa rodeadas por aureolas azules. Noto cómo me empieza a brillar el nacimiento del pelo. Pienso en qué dedo me dolería más perder y en cómo se cogen los palillos chinos sin el dedo índice.

—No, Lea, así no —me corrige ella, y me cierra la mano como si fuese una italiana exigiendo *vendetta*. Junta mi pulgar con los otros cuatro dedos y me coloca la cereza en la punta—. Solo come de la mano si se lo ofreces así.

Acto seguido, el ave comienza a picotear la cereza hasta no dejar ni el hueso.

—Qué guapo soy yo, qué guapo soy yooooooo —parece decir, y me lo tomo como una muestra de agradecimiento.

—Le has caído bien. Ricardito tiene un radar para las buenas personas. Si no eres de fiar, te llevas un bocado.

Hay personas que tienen un perro del tamaño de un carro de la compra para proteger el hogar. Estrella tiene una cacatúa.

—¿Quiere cacao? ¿Quiere cacao?

—No te voy a dar otra cereza, glotón. Que ya llevas cuatro hoy, niño mimado —lo regaña.

—Cuántas cerezas, perdón, ¿cuántas chuches le puede dar al día?

—No más de seis, porque luego la caca le sale púrpura y me asusto.

—No soy experta en animales, Estrella, pero el hueso de la cereza contiene cianuro. Si se los traga…

—Pues lleva así sesenta años y no se ha puesto malo ni un solo día.

—¿Sesenta? ¿La cacatúa tiene sesenta años?

—Sí, hija. Desde que supe a los veintiséis que nunca sería madre, Inocencio me la trajo para que no me sintiera tan mal. Por cierto, hablando del rey de Roma, ¿qué haces aquí, Ino? Si te había dejado en la sala de estar…

Un escalofrío me dispara con cerbatana en la nuca. Me doy la vuelta. Descubro al anciano en silla de ruedas. Se desplaza con un mando incorporado en el reposabrazos. Camisa abierta con motivos florales. Camiseta interior como segunda piel. Bermudas cargo bajo una manta con pelotillas y dos ramas por piernas. Su piel es una constelación de manchas salpicadas propias de la edad. Una gorra enroscada con el logo de HIBER (una franquicia de supermercados con sede en Colmenar Viejo) esconde los estragos de una quimioterapia de la que no se han salvado ni las cejas. Mirada hundida y una boca temblorosa que hace fuerza para invocar una voz que lucha por salir.

—¿Has venido a reparar la tele? —espeta sin concesiones.

—Eh, ¿yo? No. He venido a…

—Ino, esta es Lea. La chica que viene a ver nuestra casa por si la quiere comprar. Que te dije que venía por la tarde. Te lo he dicho hace cinco minutos —aclara Estrella.

—Aaah —asiente sin sorpresa ni interés notable—. ¿Y sabes reparar televisores? —insiste.

—Bueno, no sé mucho de televisores, pero si me dice qué le ha pasado, a lo mejor…

—Ino, déjate de teles y quédate aquí con Ricardito y el niño de la inmobiliaria, que le voy a seguir enseñando la casa a la chica —le recrimina, y parece ser que la cacatúa se da por aludida, puesto que se sube a las piernas del anciano.

—Eso iba a decir…, que yo me quedo con don Inocencio y así tenéis intimidad para ver el resto de la casa y cómo te sientes en ella —justifica Nacho, consciente de lo poco que está aportando a la futurible venta—. Que no quiero que luego digas que el típico vendehúmos de la inmobiliaria te intento colar la venta —bromea, y nuestras caras le hacen callar.

—Queremos pan, queremos vino, queremos al alcalde colgado de un pino —parece decir Ricardito.

Cágate, lorito.

Cuando vi el anuncio de la casa, no tenía fotos, lo que provocó que viniera a la visita más atea que agnóstica. Para nada pensaba que iba a ser una vivienda de ensueño digna de portada en las mejores revistas de interiorismo, pensé que sería un terreno cochambroso con posible potencial a la hora de invertir. Me había preparado para ver el típico suelo de mármol tapado con la típica alfombra persa. El sofá tapizado en pana verde tampoco faltaría. Habría una mesa camilla con su cubremanteles de tela bordada, su tapete de ganchillo, su estufita de gas promuerte por monóxido de carbono bajo ella. Cómo no, también estaría el famoso comedor donde no se come. Un salón lleno de muebles encajonados de madera oscura maciza, custodiados por cuadros de mediados del siglo xx con marcos de madera dorada rococó, que estarían iluminados por una lámpara de techo con rodapié gordo. El pasillo sería una suerte de paredes con gotelé para rascarte la parte de la espalda donde no se llega con las propias manos, y la primera puerta a la derecha daría a un baño armado con azulejos descatalogados. Al final del pasillo, el dormitorio: con sus camas separadas, cabeceros innecesarios, vírgenes de cerámica y, presidiendo todo ese costumbrismo *aesthetic*, un crucifijo.

Resumiendo, esperaba la típica casa que «venden» como el sueño de cualquier amante de la reforma. Pero no, realmente es la casa de mis sueños.

Estrella aprovecha que Nacho está con Inocencio (con él y la cacatúa de sesenta años) para poder mostrarme la casa con cariño y pausa. La casa por fuera puede parecer las ruinas de una vivienda colonial abandonada, construida con las propias manos, pero por dentro es un abrazo acogedor entre lo tradicional y lo contemporáneo. Un abrazo por el que Estrella danza orgullosa en cada uno de los espacios.

—Hija, disculpa a mi Inocencio. Va por ratitos. A veces está lúcido y otras…

—Ni se preocupe, Estrella. Me habrá visto con cara de manitas, lo raro es que… me he fijado en el salón y no hay ningún televisor —le confieso.

—Lo tiré —musita.

—¿Cómo? ¿Usted sola?

—Sí, lo cogí a pulso. Lo dejé fuera y se lo llevaron los del punto limpio.

Sinceramente, veo a Estrella capaz de ello.

—¿Y por qué tiró la tele?

—Niña, tú no ves la tele mucho últimamente, ¿no?

—Series y eso, pero poco más.

—Cuando Inocencio exigió salir del hospital diciendo que ya no era español, fue en mitad de toda la campaña de las elecciones municipales. Canal que pongas, no hablan de otra cosa. En Telecinco, Ana Rosa; en la Sexta, el Ferreras; en Antena 3, el Vallés y el Motos por la noche (qué mal me cae este). Todos dando la matraca con las elecciones. Diciendo que los otros son los malos malísimos de la muerte; no como ellos. Imagina tener que aguantarle la mentira a mi Ino y que ponga la tele...

—Entiendo.

—Por eso, le he dicho que se ha estropeado el televisor y que, como es antiguo como él, no hay nadie en nuestro pequeño país que tenga los materiales para repararlo. Que han pedido los repuestos, pero que va para largo.

—Me pongo en su lugar y sería un shock para él.

—Yo creo que ni con esas entraría en razón. Diría: «El poder fáctico de los medios de comunicación nos intenta manipular una vez más, Estrella». O algo así —añade frustrada.

Sabe que no sé responder nada que la vaya a aliviar, y las dos pactamos volver la mirada a la habitación que me está enseñando como en un salto sincronizado. Le quiero revelar que Pedro Sánchez esta misma mañana ha convocado elecciones generales, pero no quiero profundizar en su agobio.

—Mira, estos muebles, y los de toda la casa, son reciclados a partir de maderas rescatadas. No existen en otro lugar del planeta, ¿eh? Ni Ikea ni leches.

Tócate el zimbollo, que ahora Estrella es *ecofriendly* y carpintera de lujo.

Cuando mi padre u Oliver me pregunten qué me ha parecido la casa, no sé qué voy a responder. Nunca he sabido poner palabras a lo que me emociona. Puedo hablar de metros hábiles, de licencia de obra, de electricidad y fontanería en perfecto estado, de que no hay ni rastro de humedad, pero no se acercan a esto: ¿cómo defino lo que este hogar me hace sentir? Cada estancia huele a eucalipto, pero no a cualquier eucalipto: toda la casa está ambientada con las plantas de eucalipto que tenía mi abuela en su terraza cuando me hacía natillas caseras los domingos. Paredes vistas de mampostería que envejecen con la misma gracia y encanto que Estrella. Una sala de estar donde quiero escuchar todos los vinilos del mundo sin haber tenido un tocadiscos en mi vida… ¿Cómo se come esto? Un patio interior (sí, otro patio) minúsculo donde solo cabe una hamaca y una ducha externa, y ya no concibo soñar de otra manera que no sea tumbada ahí. Estrella me invita a tumbarme y, desde esa maldita hamaca, miro al cielo y por fin entiendo el poema de Líber Falco, las alas de Flaubert y el azul Kandinski.

Tumbada, un deseo trepa por mi garganta como un gusano asesino subterráneo de los de la película *Temblores*, que vi por la trama (Kevin Bacon). Un deseo decidido que sale por mi tracto vocal. No le pongo pensamiento.

—Estrella, ¡quiero quedarme con la casa!

Estrella disimula la satisfacción. Quiere ser partícipe de mi alegría y de mi decisión como una vendedora de barcos. Aguanta en su papel estoica y juguetea con una cortina de lino.

—Mira, vamos a hacer una cosa. Como en esta casa se cena pronto, ¿qué te parece si te quedas y hablamos todo con Nacho y con mi marido? ¿De acuerdo?

Asiento y así, por primera vez desde la ruptura, siento que la vida se está recolocando y que el cielo tiene forma de hamaca.

8

Consejos para un huevo cocido perfecto

Esta sensación extraña,
que se adueña de mi cara,
juega con esta sonrisa
dibujándola a sus anchas
y vivir así…

DAVID OTERO,
«Una foto en blanco y negro»

Hasta 2015, si te encontrabas a un vasco en Islandia lo podías asesinar por el mero hecho de ser vasco y ni te juzgaban, ni te multaban, ni te dejaban sin paga siquiera. Todo era muy legal, por muy gore que fuese el acto de la «morición». No siempre fue así. 1615. Islandia era como una casa rural de balleneros vascos para pasar el invierno porque una tormenta había hecho añicos sus buques. Por lo que sea, los habitantes de la isla tenían un poquito de trazas de xenofobia y pobreza a partes iguales. Una noche, los «vizcaínos» fueron brutalmente asesinados y despojados de sus ojos, nariz y genitales. Después de esta matanza, el rey de Dinamarca llamó a «defenderse de los extranjeros» y creó esa ley que duró hasta hace poco menos de diez años.

No sé por qué he recordado este *fact* antes de entrar al salón a hablar con Inocencio. Solo espero que no tenga ascendencia en los fiordos.

Entramos en el salón. Nacho intenta (sin mucho éxito) que la cacatúa suba a su mano. No le ha arrancado un dedo de cuajo, así que, si me guío por el radar de Ricardito, Nacho también tiene que ser de fiar. Inocencio contempla la función como si fuese su propio circo de pulgas particular. Parece que le entretiene.

—Inocencio, ¡que la niña compra la casa! —adelanta Estrella.

Nacho se incorpora, incrédulo.

—Para cuando vengas a vivir, te ponemos el televisor que falta —promete Inocencio.

Y dale con el televisor.

—Lea, ¿estás segura? Si quieres, vete a casa, piénsatelo y mañana, a primerísima hora, me dices algo. Seguramente, Estrella e Inocencio no te pongan ningún tipo de pega. Eso sí, no te retrases porque esta casa, como ya has comprobado, es un caramelo para cualquiera.

Intuyo que ni el propio Nacho veía tan fácil vender este piso y piensa que me he quedado enajenada, he sido coaccionada por Estrella o algo por el estilo.

—Que no. En serio, estoy decidida. No tengo que pensar nada. Es raro, pero no me veo en otra casa que no sea esta.

—Porque la buena energía que tiene cala a todo el mundo —justifica Estrella—. Nosotros también nos quedamos muy tranquilos al saber que vas a ser tú porque no le queríamos vender la casa a cualquiera tal y como está el mundo. Ahora que ya está todo arreglado, voy a preparar la cena. Tengo fideuá. Nacho, ¿también te quedarás a cenar?

Mi comida favorita es la fideuá. A mí me están grabando.

—No, no… yo no puedo, doña Estrella. Me esperan en casa, que si picoteo algo por ahí, me lleno rápido y me regañan. Además, así os dejo tranquilos para que Lea y vosotros os conozcáis mejor —se excusa mientras se pone de pie y se vuelve a meter la camisa por dentro—. Si os parece bien, os comparto vuestros teléfonos y cuadramos mañana para firmar el contrato de arras, ¿de acuerdo?

«Seguramente» es un adverbio mentiroso. Es de todo menos seguro, y no hay nada menos seguro que lo probable. «Seguramente no sea seguro» es un uróboro sin dientes. Seguramente no sea seguro comprar la primera casa que vea, una casa en la que ni siquiera voy a poder entrar a vivir de primeras, y más aún cuando en julio tengo que estar fuera de la mía (y, «seguramente», tenga que irme a casa de Oliver), pero hace semanas creía que seguramente pasaría el resto de mis días con la pareja que tenía al lado y, mira, chica, pues la vida se hace del mismo material que los bandazos. Quizá el secreto de la vida se aproxima más a elegir qué palo vas a poner en la rueda que a abrir la palma y esperar a que coma de tu mano y no te arranque las huellas dactilares.

Estoy sentada en la mesa del salón a solas con Inocencio. Ricardito ya está en su jaula serpenteando con la cabeza hasta que le entre sueño. Estrella no deja entrar a nadie en la cocina mientras prepara la cena. Solo me ha dejado coger los vasos, y para de contar. Evito hablar y me dedico a hacer una papiroflexia improvisada de una figura aún por determinar con la servilleta. Tengo fobia a los hospitales desde que murió mi madre y ese rechazo aséptico se extiende a los heridos de muerte inminente. Que parte del dinero de la compra de esta casa vaya a pagar la muerte de este hombre tampoco ayuda. No sé cómo hablar con alguien al que voy a apoyar económicamente en su defunción.

—Lea.

—Cuénteme, Inocencio.

—A mí me tuteas, por favor. A los ancianos que les queda toda una vida se les trata de usted. A los que miran a la muerte a los ojos se los tutea.

Si había algún tipo de silencio incómodo, Inocencio lo acaba de hacer saltar por los aires con una granada de fragmentación.

—¿Sabes por qué no quiero que se quede sola mi mujer cuando yo falte? —me pregunta.

—¿Porque ella no se ve sola en esta casa? —respondo, y me froto el lóbulo de la oreja ante la incomodidad que me produce hablar del exhibicionismo de las futuras ausencias.

—No es solo por eso. Ya has visto cómo se maneja. Es más autosuficiente y resolutiva que todos los de tu edad. Es porque no está bien de… —añade señalando su cabeza.

Interrumpe Estrella en el salón colocando los platos, copas de vino, cubiertos y servilletas. Canturrea. En este mismo momento, todos los cantantes emergentes del mundo estarán escribiendo su futura mejor canción, y ninguna se acercará al canturreo de un anciano. Desde la cocina huele a gloria. No me frustra no saber qué querría confesarme Inocencio. Sé que se dará el momento. Estrella entra y sale como si se le retrasara la comanda de un restaurante. Si me dicen que las estrellas Michelin deben su nombre a esta mujer, me lo creo. No me ha preguntado si quería pan, pero ha traído una cesta con una hogaza de pueblo cortada en trozos. Tampoco descarto que la señora sepa hacer pan de masa madre. No me ha preguntado si quería vino blanco seco y nos ha llenado la copa a los tres, a Inocencio con generosidad. Ha traído una jarra de agua y nos ha llenado también los vasos (para equilibrar). En su penúltimo viaje trae la sartén con fideuá y un salvamanteles de corcho. Y en el último, un pobre huevo cocido y el salero para Inocencio. Se sienta. No sé si los ancianos brindan, pero Estrella me mira (Nixon a Brézhnev) esperando a que beba. Confío en no haberle dado ideas con lo del hueso de cereza. Bebo un sorbito pequeño.

—Lea, ¿y a qué te dedicas? —pregunta Estrella mientras me llena el plato a rebosar de fideuá.

—Soy comercial en una clínica de fertilidad.

—¿Ayudas a las mujeres a abortar? —pregunta Inocencio, mientras deja de cortar una fina lámina de huevo duro. Tiene pinta de comer muy despacio—. Así no se tienen que ir a Francia para hacerlo de manera clandestina. ¡Bien hecho! No sé cuánto va a tardar España en tener el aborto libre.

—Inocencio, pero si en Esp…

Estrella me da una patada en la espinilla y entiendo su lenguaje no verbal.

—Digo ¡no! No es eso. Mi trabajo consiste en ser como un enlace en la clínica para las mujeres que quieren ser madres. Hago muchas cosas, pero se resumiría en eso. Como una organizadora de eventos donde el evento es ser madre.

—Pues qué bien nos habrías venido cuando éramos mozuelos —responde Estrella, y le da la mano a Inocencio.

—Y habrás visto de todo, ¿no?

—Ino, no le hagas pasar un mal rato a la niña preguntando si tiene hijos, ¡que te veo venir! Porque ya me ha dicho que ni tiene ni quiere tener.

Pego la espalda al asiento y doy un trago largo a la copa de vino. Inocencio me examina.

—Y ¿de qué huyes entonces, chica? —pregunta Inocencio, incisivo.

—¿Cómo? —respondo.

—Se ve que huyes como si te persiguieran. Para pedir asilo en este país, tendrás que huir de algo. Digo yo…

—¡Mira que te lo he dicho! Que no asustes a la chica —entra en juego Estrella, la agente doble.

—No se preocupe, Estrella. —Cojo aire antes de responder. Es curioso cómo las verdades, dichas fuera de su contexto original, se articulan de la misma manera que las mentiras piadosas—. En un mes me echan de mi casa porque una empresa se va a hacer con todo el edificio y necesito…

Inocencio da un puñetazo en la mesa como un martillo pilón.

—¡Otra vez! No paran esos carroñeros, ¡otra vez! Quieren más y más. ¡No van a parar!

—Ino, tranquilízate. Que te entra el dolor de cabeza y te tengo que llevar a la cama, te lo pido —le advierte Estrella. Inocencio parece quedarse abstraído en un lugar muy lejos de aquí.

—A todo el mundo le gusta recibir cartas, pero ya nadie compra sellos —murmura Inocencio.

—¿Qué dices, cariño? —pregunta Estrella, sin poder disimular la preocupación. Acto seguido, Inocencio parece sacudirse la lucidez por dentro y vuelve en sí.

—¡Si no he dicho nada! Anda, tráeme la Constitución, Estrella. Por favor te lo pido, tráeme la Constitución.

—Anda ya. Deja que Lea cene la fideuá tranquila. Tengamos la fiesta en paz.

—Pues nada, ya voy yo —sentencia Inocencio con resignación, y con su mandito da marcha atrás a cámara lenta para salir del encajonamiento de la mesa, gira a la derecha noventa grados y pulsa hacia delante a todo lo que da para perderse por el pasillo.

Ahora mismo Estrella aguanta el llanto. Sus manos temblorosas parecen llorar por ella. En este reino ficticio, luce como la Reina de la Lágrima Única. Una última lágrima que se niega a verter por si se seca del todo. Se mantiene en silencio. Estrella es una concatenación de tristezas. Puede reformar esta casa con sus propias manos, reciclar muebles hasta que parezcan artículos de lujo, hacer pan de masa madre, tener el secreto de cómo se cuece el huevo duro perfecto y hasta cómo se tira el pasado por la borda sin salpicarse los talones, pero no puede hacer nada para arreglar a su marido. Un marido que cada día estará peor.

Se oyen las ruedas de Inocencio acercarse y, con ellas, la cara de Estrella se vuelve a disfrazar con una sonrisa calma.

—¡Ya la tengo! —anuncia Inocencio con entusiasmo renovado mientras se acerca hasta mí y me da un cuadro—. Mira, Lea, esto que ves aquí es la Constitución de nuestro reino. Léela y entenderás todo.

—«Constitución de Cerro Belmonte, Villamil y Peña Chica. Doce de septiembre de 1990. Preámbulo. Cerro Belmonte, Villamil y Peña Chica se ven obligados a declararse

Estado independiente ante la injusta expropiación a la que se ven sometidos por el Ayuntamiento de Madrid y, a la cabeza del mismo, Agustín Rodríguez Sahagún...». Inocencio, ya me había comentado toda esta historia Nacho antes de venir a casa.

—Tú lee, por favor te lo pido.

—Claro, claro. Eh... «... el cual quiere expropiar casas y terrenos privados al precio de 5.018 pesetas por metro cuadrado, para construir chalets de lujo a 250.000 pesetas el metro cuadrado. Por lo que, teniendo como objetivo principal la defensa de los derechos de cuantas personas viven o poseen propiedades en estos tres barrios y la anexión con España tan pronto como anulen la expropiación, se otorga la siguiente Constitución». ¿También los artículos?

—Solo son tres. No te llevará mucho —asegura, y corta otra lámina de huevo cocido—. Y esto es lo importante.

—«Artículo primero. Bajo el nombre genérico de Cerro Belmonte se engloban las siguientes comunidades autónomas: Belmonte (cerro y barrio), calles Villamil y Peña Chica, constituyendo un reino cuya corona se ofrece a su majestad el rey don Juan Carlos I. En dicho reino, se abogará por la justicia, por la igualdad, el pluralismo político y la FELICIDAD»... ¿La felicidad?

—¿No nos ves felices?

Miro a Estrella y la veo desbordada. Miro a Ricardito y ya está dormido. Quiero terminar con esto cuanto antes.

—Entiendo. «Artículo segundo. Esta Constitución garantiza la propiedad privada sin que nadie pueda *motu propio*»... Inocencio...

—¿Qué pasa ahora?

—¿Está Constitución es oficial?

—¡Pues claro! Si no, ¿para qué te la voy a traer? Lleva toda una vida con nosotros. Es la prueba de nuestra victoria.

—Es que tiene... —lo expongo con lentitud y busco aprobación en la mirada de Estrella. Parece estar tan harta de la situación que asiente dándome carta blanca—. Es que tiene una errata. No es *motu propio*. Es *motu proprio*.

—Eso no puede ser. Es *motu propio* y, si no lo es, es lo de menos. Lo importante es lo que defiende.

—Vale, pero si tiene erratas una Constitución, que yo sepa no puede tener valid...

—¡Continúa!

—Alto y claro: «... con el apoyo de algún grupo (político o de presión) expropiar ningún bien privado, cualquiera que sea su naturaleza u origen». Y, por último, pero no por ello menos importante. «Artículo tercero. La bandera de Cerro Belmonte (obra y creación de don Gregorio Bravo Becerril) está formada por tres franjas horizontales: roja, blanca y roja, con un triángulo hacia el mástil y una estrella roja en el medio que simboliza lo siguiente: rojo por la lucha; blanco por el Ayuntamiento de Madrid, que nos está dejando sin blanca (y al menos la de la bandera no nos la quitará)...». —Siento aguijonazos en las costillas en un intento de no reírme—. «... y la estrella por la que se le quita a la Comunidad de Madrid y que devolveremos tan pronto nos atiendan exigiendo a la Comunidad Autónoma de Madrid que prescinda de la estrella que ha sido adoptada por el Reino de Belmonte».

Guau.

—¿Ahora lo ves? —me pregunta Inocencio.

—¿El qué de todo, Inocencio? He visto muchas cosas en esta Constitución.

—Que, si no te hace feliz, no es ahí.

El otro día vi un vídeo de una fiesta de esas *gender reveal* (donde revelan el sexo del futuro bebé), en la que el futuro padre descubría si era niño o niña explotando un globo lleno de confeti azul con un cigarro. Lo sentí por el futuro bebé. Hoy Inocencio me acaba de revelar el sentido de la vida con un huevo duro y un salero.

—Lea, ¿en serio te van a echar de tu casa? —me pregunta Estrella, apurada, con la mano en el pecho.

—Sí, el 28 de junio, 29 como mucho, tengo que irme.

—¿Y qué vas a hacer?

—A lo mejor voy a la de un amigo. Me las apañaré.

Estrella e Inocencio se miran.

—Tú quieres esta casa, ¿no?

—Sí, sí. No voy a cambiar de opinión.

—Estrella, prepara la habitación de invitados, que Lea se va a quedar a dormir —demanda Inocencio.

—¿Cómo? No, a ver…, os lo agradezco mucho —digo levantándome de la silla—, pero todavía tengo casa y vivo cerca. No os preocupéis.

—¿Tú quieres la casa sí o no? —pregunta Inocencio.

—Evidentemente, pero…

—Lo que Inocencio quiere decir —traduce Estrella— es que queremos que hoy seas nuestra invitada. Si mañana has dormido bien, cuando te quedes sin casa…, y si todavía vivimos aquí, puedes quedarte con nosotros. Has visto que la casa es grande y espaciosa. No nos meteremos en tu vida, hija, ¿qué te parece?

Sin saber bien cómo (y sin pensar en la sucesión de pedos mentales que me han llevado a aceptar pasar la noche aquí), sigo a Estrella hasta la que será mi habitación. Me da las buenas noches, no sin antes reiterarme una vez más lo feliz que está con que yo sea la persona que se va a quedar la casa. Cierra la puerta. Por la noche, la habitación es más bonita si cabe. Las paredes de color hueso se vuelven de la tonalidad que viste la Navidad en el hemisferio sur con tonos pastel. Un espacio liviano de mimbre, lino y algodón ocupado por una cómoda de estilo nórdico decorada con una única foto; una cama de madera con un cabecero acolchado de ratán, un armario de madera oculto a simple vista, una mesa auxiliar y una silla. Sobre la silla, una camiseta limpia que parece sacada de un cementerio de marcas y logotipos. Y un par de toallas por si me ducho. Reparo en la fotografía en blanco y negro que corona la cómoda. En ella salen Estrella e Inocencio con un sobre en las manos cada uno. Posiblemente fuese del día en que este barrio se volvió independiente. Son muy felices y lo mejor de todo es que lo saben. Lo que más me gusta de las fotos en blanco y negro son los grises. Ese punto donde se pierde el negro, pero el blanco aún está por salir.

9

Tú tan *Lost in translation*, yo tan *Her* sin Scarlett

I might kill my ex,
I still love him though
rather be in jail than alone.
I get the sense that it's a lost cause,
I get the sense that you might really love her.

SZA, «Kill Bill»

Si para Cortázar, un beso es un juego antiguo de cíclopes, a mí me ha mirado un tuerto. Intento coger el sueño y esconderme bajo sus ovejas. Llevo media hora contándolas y no puedo dormir. Todas tienen tu cara de cabrito. Me sorprendo al pensar que es la primera vez que duermo en otra cama que no sea la que ya no es nuestra. No escatimo espacio. Ahora que puedo, y que en este colchón no hay lado vencido por la postura de tu fantasma del pasado, me tumbo en diagonal. A lo loco. Ojeo el teléfono para que me entre sueño. Mal asunto. En un bucle infinito, caigo en una columna de opinión donde alguien dice con puntería que cuando «rompe una pareja, un idioma muere con ellos». No, cariño; el amor no es un idioma universal, es un intento de homicidio involuntario.

Tengo tres llamadas perdidas de mi padre y una decena de wasaps por responder:

Papá

Ayer

Moco, o mejor debería llamarte
«cabeza loca desaparecida»,
cuando puedas, dime qué tal
lo de la casa 20.03
Cariño, ¿todo bien?
Me estás preocupando 22.26
Bueno, a lo mejor estás
celebrando por todo lo alto
que ya tienes casa con un amigo
y tu padre aquí, haciendo de
padre pesado 23.10
Ante esta forma de ignorarme,
voy a utilizar esta conversación
como lista de la compra 23.57
3 leche de avena
1 leche de soja
Un pack de Mahou
Bonito
Aguacate
Gulas
Espinacas congeladas
Tomate rosa
Lechuga iceberg
Yogur probiótico
Huevos de granja
Quinoa

Suavizante
Café soluble
Achicoria
Preservativos para mi hija XD 23.59

Ahora que los veranos son una galería de vídeos verticales, temo tu futuro pixelado: con mala conexión. Te mantengo intacto en la memoria hasta cuando hago la compra y quiero sacarte de mi cabeza con la misma facilidad que uno se quita la pulsera de un festival con una bolsa de plástico. Podría meterme en la cama con cualquiera. Sería fácil. Incendiar la madrugada. Desquitarme poniendo: sobre, entre, contra. Sin vínculo. Hablar sucio en impersonal. Con suerte, llegar al orgasmo o a varios, aunque nunca he visto fuegos artificiales en las primeras veces. Tampoco me pasó la primera vez contigo. Contigo el sexo no era increíble. Eras atento y cumplidor. Me devorabas cuando te lo pedía, pero poco más. Eso sí, lo que me decía tenerte dentro de mí no me lo ha dicho nadie. Podría buscar nuevas maneras de sentirme vacía y convertirme en la villana de tu historia mal contada. Una carta contestataria casi diez años más tarde, como en *Lost in Traslation* y *Her*. Coppola y Jonze. En todos los documentales, la voz de Dios la pone Morgan Freeman. Todas las representaciones de amor imposible tienen el timbre de Scarlett Johansson. Podría hacer presión para que rehicieras tu vida (si no lo has hecho ya), pero todavía no sé domesticar este bestiario de soledades. Dame tiempo. Que el amor ya aprenderé a dármelo yo.

10

No se puede llorar hacia arriba

Si me miras a la cara
al menos dime la verdad,
no hagas que no pasa nada
porque pasa en realidad,
se te nota en la mirada
y no tengo necesidad.
Yo sé lo que tú tiene'.

RELS B, «Lágrimas de cocodrilo»

Despierto y todavía no abro los ojos. Abrazo esas milésimas desorientadas, durante las que podría estar en mi casa, en una ajena con un maromo de uno ochenta o en la tumbona de un resort de Punta Cana. No caerá esa breva. Tengo la tentación de abrirlos. A lo mejor, todo lo que ocurrió ayer fue un sueño. Desde pequeña, mi padre me enseñó que el truco para que los sueños no se diluyan al despertar es no despegar los párpados. Tenía la ingeniosa teoría de que se escapan por los ojos si los abres. Entre el lagrimal y la legaña. «Por muy increíbles que sean, ni un aplauso de pestañas, hija, porque huirán —me decía—. Si los mantienes cerrados, y los diseccionas con guantes y bisturí como a una rana de laboratorio, te acompañarán otro buen rato». «Por lo menos, hasta que la vida se de cuenta de que te has despertado y quiera jugar a que te zarandea», añado *a posteriori*. Así que no los abro.

Este ha sido un sueño simbólico. Visitaba una sección de objetos perdidos y en el estand solo había señales azules de tráfico con una flecha blanca hacia arriba. No sé si quiere decir que vaya en el sentido obligatorio o que aquí están todos los nortes que perdí. El «dependiente del sentido obligatorio», o el de «los nortes perdidos» parecen sacados de una película de Wes Anderson. Al menos tienen la misma fotografía. Me dice que puedo entrar llorando, pero que el paraguas mejor lo deje fuera. Me quiere señalar el paragüero que hay en la puerta, pero solo señala hacia arriba. Descarto la opción de que sea una señal de sentido obligatorio. No se puede llorar hacia arriba.

Un grito me abre los párpados con fórceps.

Reconozco ese tipo de grito. El cangrejo (como lo llama Estrella) mordiendo el hipotálamo de lo lindo. A mi madre ese zombi *indoor* le comía el occipital. Podía pasar de amar a llamar hijo de la grandísima puta a mi padre en fracción de segundos, infiel, cuando no le llamaba cornudo, proferir todos los insultos del esperanto, tirar vasos de la encimera como una gata, limarse las uñas con su cara, gritar por la calle que la queríamos secuestrar, hacerme sentir que yo era de todo menos su hija. Y nada bueno. Sus últimas tres semanas y cuatro días de vida fue una voz chillona al otro lado de una puerta con pestillo.

Dos ríos brotan de mis ojos y le digo al «dependiente de los nortes perdidos» que no se podrá llorar hacia arriba, pero sí a los lados.

Bajo al salón y veo a lo que intuyo que es un sanitario. Mueve a Inocencio para llevarlo al baño. Estrella friega un charco de pis. El hedor llega hasta aquí. «No pasa nada, Ino, no pasa naaadaaa», dice ella. Inocencio camufla la vergüenza con agresividad por haberse meado encima. «¡Si es que no sabes moverme y no me ha dado tiempo a llegar al baño!», vocifera. Le digo al «dependiente de los nortes perdidos» que no se podrá llorar hacia arriba, pero mearse sí.

—Buenos días, Estrella. Hoy toca despertar movido, ¿eh?

—Hija, siento que tengas que ver esto —responde apurada mientras escurre el mocho—. Por las noches solo le duele la cabeza y se duerme por los pasillos. Por las mañanas es peor. Por eso contratamos a Diego, para que viniese un par de horas por la mañana y me ayudara a vestirlo, ducharlo y llevarlo al baño.

—No se excuse. Por desgracia, estoy curada de espanto.

—¿Algún familiar?

—Mi madre.

—¿Y fue tan así? —pregunta con la vista fija en el baño. Se oye refunfuñar a Inocencio a través de la puerta.

—Bufff. —Cojo aire—. Por lo que vi ayer, a Inocencio no le ha dado aquí, ¿no? —Me señalo la frente.

—Por el cogote. El cangrejo le salió en la parte de detrás.

—Pues no sabe la suerte que tiene.

—Hija, tendré ya una edad, pero no creo que haya cambiado tanto lo que significa el concepto de «suerte».

—Lo que quiero decir es que a mi madre el cáncer le dio en el occipital y borró todo lo que quedaba de ella. En esa zona están las emociones y cambia a las personas. Su marido puede que crea que ya no tiene que pagar impuestos en España, pero seguirá siendo su Inocencio.

Estrella rompe a llorar. Más que sentir rechazo, agradezco que me vea como un refugio donde permitirse ser frágil.

—Lea, ¿me podrías hacer un favor? Desde que se ha

despertado Ino, se le ha metido entre ceja y ceja que quiere ir a hacer la compra. Hay días y días. Este es uno de los que ha amanecido sintiéndose un estorbo inútil y quiere hacerlo todo. He ido a comprar el pan aprovechando que había llegado Diego, y cuando me iba ir, se quedó más enfadao que una mona. Decía que por qué no lo podía ir a comprar él. Creo que se ha hecho pis encima a modo de protesta.

—Cada uno juega sus armas.

—Pues que sepa apuntar con ellas —bromea—. Como ayer le adelanté que de comer iba a hacerle carrilleras, le he prometido que iría a la carnicería él. Hay un problema, dice que quiere que lo acompañes tú...

—¿Yo? Y ¿Diego no puede? Él sabrá qué hacer si ocurre algo.

—Es que no lo traga. Hija, mi Ino será muy moderno para muchas cosas, pero que un desconocido al que pagamos lo manosee todo el rato no lo lleva con mucha dignidad.

Destino parte de mis reservas del ayuno intermitente a no generar una imagen mental.

—Pero...

—La carnicería está a diez minutos. Y están avisados. Él lleva un botón de asistencia médica por si ocurre algo, ¡que no va a ocurrir!

—¿Cómo que avisados?

—Que saben «todo». Serán agentes triples de esos. Lo bueno de llevar toda esta vida en el barrio es que todos nos conocen. E Ino, otra cosa no, pero querido en el barrio lo es un rato largo —exhibe Estrella con mucho orgullo.

—Vaya entramado. Lo tiene todo atado.

—Si te digo que esta mañana a primera hora he arrancado todos los carteles electorales que quedaban de camino a la carnicería…, con eso te digo todo, ¿no?

Me pregunto por qué Inocencio es tan querido en todo el barrio. Suena la cisterna y se abre la puerta del baño para que salga Inocencio empujado por el sanitario. Se ha/le han cambiado de ropa. Supongo que tiene de recambio en el baño para este tipo de «emergencias armamentísticas». El sanitario Diego me saluda con una cordialidad agnóstica. No sabe si soy consciente del teatro viviente que están representando. Inocencio se alegra al verme, acto seguido se ruboriza y mira al suelo. El olor a orín no se ha disipado todavía.

—Buenos días, Lea. Esta mañana ha escrito Nacho. Me ha dicho que el contrato lo tendrá a lo largo de la mañana. Ahora te llamará, digo yo. Para hacer tiempo en lo que viene, ¿me podrías acompañar a un recado?

Acepto y me hago la sorprendida. Preparada para desempeñar mi papel en este teatro viviente, y me lo tomo como un ascenso. Acostumbrada a guionizar mi vida.

11

El estrés pospatriótico

«No seas absurdo», me regañó,
«esa explicación nadie te la pidió,
así que guárdatela,
me pone enferma tanta sinceridad».

JOAQUÍN SABINA, «Mentiras piadosas»

—Inocencio, ¿qué querías decirme ayer sobre tu mujer? —le pregunto mientras lo llevo en silla de ruedas calle abajo. Los primeros cien metros son una avenida de chalets de poca altura cortados por parques. Más adelante (como ya me adelantó Estrella), la calle pasa a ser una suerte de carteles arrancados con eslóganes electorales a medio decir. Me sorprendo al descubrir que no hay ni una sola bandera en las terrazas. No tengo ni la más mínima duda de que ella ha tenido que ver. ¿Todo el barrio estará en el ajo? ¿Hasta dónde se extiende la mano de Estrella? ¿Hasta Tetuán? Para alargar una mentira a tal escala (customizando hasta el código postal), tienes que amar mucho. Subimos por el puente que cruza Sinesio Delgado. Miro a Inocencio por detrás. Es afortunado. Desde está posición privilegiada, podría decir que parece un órdago coloso que no sabe quitarse el cartel de ENFERMO TERMINAL de la espalda, como una *llufa* en el día de los Inocentes.

—Lea, mi Estrella no está bien —irrumpe Inocencio. Experto en perforar silencios con taladro percutor.

—¿Qué le ocurre?

—A ver cómo te lo digo. Desde que me puse malito, se le ha ido la cabeza por completo. No lo parece, pero algo le pasa. Y yo a mi edad, y con esto encima, no sé cómo ayudarla. ¿Pues no va y se cree que vivimos en España? Ella no me lo ha dicho a mí, claro. Seguro que pensará que si me lo dice, la trataré de loca, pero tengo oídos. Y escuché cómo hablaba con esos medicuchos. Y la escucho a veces cómo habla por teléfono por la puerta entornada y lo que dice, ¡a saber a quién! ¡Hasta la tele! Le dio por sintonizar canales de España y veía las noticias como loca. Intenté actuar normal, y por ver si entraba en razón, pero ella hizo hasta desaparecer el televisor. El colmo fue encontrar un Euromillón en uno de sus bolsillos el otro día, ¡un Euromillón! ¿Qué puedo hacer, Lea? ¿Tú me podrías ayudar?

Hostia. Dudo durante milésimas que parecen eones. Podría decirle: «Inocencio, es que vivimos en España, machote, pero tu mujer te ama tanto que te ha seguido la corriente por protegerte disfrazando todo el barrio. Encájalo». No suena mal. A lo mejor, alguna conexión interneuronal que estaba fundida revive y sale de su engaño. O lo mismo entra en una crisis epiléptica y me lo cargo aquí, *in situ*. No me la juego.

—Inocencio, yo no soy quién para meterme en esos temas…

—Lea, todavía no he utilizado el chantaje emocional por enfermedad, ¿quieres que sea de esos viejos? —pregunta con una media sonrisa cosida con sorna.

—Sabes más por viejo que por diablo, tú. A ver, ¿Estrella chochea en alguna otra cosa más?

—¿Te parece poco?

—No me parece poco ni mucho. A quién no le ha pasado alguna vez que mezcla vino con cerveza, después de la comida llega un gin-tonic, y luego otro, y se junta el día con la noche y alguien invita a chupitos, y... se despierta pensando que vive en otro país. ¿Eh?

Inocencio se levanta la visera y se gira para mirarme con cara rara.

—Digo que me parece raro..., digo que me parece curioso que solo le afecte en el ámbito del nacionalismo —continúo.

—Tú sabes algo de esos temas, ¿no? Trabajas en una clínica.

—Inocencio, trabajo de comercial en una. Que es muy diferente. Además, es una clínica para quedarse embarazada. Eso sí, te digo que sería el primer caso de estrés pospatriótico del mundo.

—Ya... —añade resignado, y mira los coches pasar por debajo del puente.

Sé que me voy a arrepentir de lo que voy a hacer.

—Mira, te propongo algo. Tú lo respiras, lo digieres y a ver cómo te suena. Dale una vuelta. ¿Te costaría mucho hacer creer a Estrella que sois españoles?

—¿¡Cómo!? —interrumpe Inocencio con voz quejosa.

—Tú prueba un par de días y me dices.

—¿Que le haga creer su propia mentira?

—Que la ayudes a prepararse para lo que viene. Nadie nos prepara para la muerte, Inocencio. Y no hablo de los que la viven en sus carnes. Hablo del resto. De los que se quedan. Cuando la música deja de sonar, todos se lanzan a la silla vacía. Cuando la vida duele, cada uno tiene derecho a elegir su mentira favorita para sobrevivir un día más. No te cuesta nada darle eso. Hay verdades que pueden esperar.

Inocencio aprieta los labios. Se nota que se plantea todos los escenarios posibles en su cabeza. Da toquecitos nerviosos sobre el mando de la silla y se vuelve a bajar la visera. Me habla su cogote.

—Lo intentaré, ¡qué menos!

Y no añado ni un silencio. Nunca dijo nadie más con menos.

12

¿A cuántos belmonteños está el kilo de carrillera?

Prima la soledad
con el atún en aceite vegetal
en oferta,
vaya precio sin competencia.

La Cabra Mecánica & María Jiménez,
«La lista de la compra»

La carnicería está en un patio interior (como suelen estar todas las mejores tiendas del pequeño comercio). Es como una cala urbana de difícil acceso para los foráneos que no sale ni en Google Maps. Un paraíso deshuesado de materia prima animal que nadie revela por miedo a la masificación. Tiene un letrero rojo con una tipografía blanca en desuso que grita: HNOS. GUIJOSA. CARNICERÍA, CHARCUTERÍA Y POLLERÍA. En letras grandes, como si el olor a pollo *a l'ast* no te golpeara en la nariz nada más entrar en el patio. A la izquierda del establecimiento hay un hombre con un mandil. Fuma en la puerta con el pie apoyado en la pared, por matar el tiempo con una colilla. Tiene barba cerrada y la gran estatura de alguien que parece alto de lejos, no lo parece tanto en la media distancia, y finalmente compruebas que es enorme. Al vernos, hace como que no nos ha visto, se apresura a apagar el cigarro contra el ladrillo y corre dentro. Aunque el sol refleja en el escaparate, se intuye que cambia los precios del mostrador. Hay una rampa de obra con césped artificial para facilitar la accesibilidad de los mayores (seguro que Inocencio y la insistencia de Estrella han tenido algo que ver). La rampa está custodiada por un bulldog francés que parece aparearse con el tacto de la hierba sintética. No para de refrotarse y tampoco parece que le perturbe nuestra presencia. El carnicero vuelve a salir a la puerta con una pizarra de caballete.

—¡Ronco, sal de la puerta ya, vicioso!

El can cesa en su onanismo y se aparta al ralentí. Hace honor a su nombre. Respira con dificultad (no sé si por la proeza amatoria). Si esta raza de perro suele tener afecciones de este tipo, la edad no ayuda. Nunca lo hace.

—Ojalá se tuvieran las ganas intactas de tu perro, Matías —saluda Inocencio. El carnicero deja en el suelo la pizarra y le pone la mano en un hombro.

—¡Amigo, qué alegría verte! ¿Este? Este un día se va a quedar sin pintalabios de tanto darle perico al torno. ¿Cómo estás hoy?

—Meao y duchao. Y no por ese orden, ¿te sirve?

—Si eso ha servido para que tu mujer te deje salir a jugar *um* rato *m'fale* —responde de cuclillas con un tapón de rotulador borrable en la boca mientras escribe en la pizarra: «Oferta del día: 1 kg cinta adobada + 1 kg salchichas + 1 kg filetes ternera + 1 kg contramuslos + 1 kg filetes pollo + 1 kg filetes cerdo. Antes: 1,69 bños. Ahora: 1,5 bños.». Pierdo la cuenta en un vago intento de hacer la conversión de belmonteños a pesetas para luego llevarlo a euros—. Pero no sé yo cómo se va a tomar que la cambies por una mujer cincuenta años más joven —ironiza mientras se incorpora y me extiende la mano. Se la estrecho y siento un hormigueo. En las distancias cortas, el bueno de Matías es un cuarentón apetecible. Líneas de expresión como cuchillas, manos grandes desde donde colgarse. Atractivo embrutecido. Ahora entiendo por qué esta carnicería no sale en los mapas. Si llego a venir sola, saldría en los periódicos—. Soy Matías, encantado.

Sonrío.

—Esta es Lea, Matías. La que va a cuidar el fuerte cuando yo falte.

—¿Ya te han hecho el lío? —me pregunta Matías.

—Sí, ahora viene el de la inmobiliaria para firmar las arras —interrumpe, otra vez, Inocencio. Y sigo sonriendo como una panoli.

—Pues, Lea, lo siento por ti, pero espero que tardes muchísimo en entrar a vivir ahí. Lo entiendes, ¿no?

—Cla… claro —tartamudeo. Vaya imagen debo de estar dando.

—Solo te pido que, cuando te toque, cuides de esa casa. No lo sabrás, pero todos los niños del barrio, si nos desviábamos un poco, si nos escapábamos de casa o si no teníamos dónde ir, siempre tuvimos a Estrella e Inocencio con las puertas abiertas. La parte mala es que nuestros padres se quedaban con la copla y siempre sabían dónde buscar.

—Y te aseguro que siempre teníamos que preparar un plato de más por si venía Matías cuando era adolescente —completa el anciano—. Vamos, una pareja estéril haciendo compra como para dar de comer a una familia numerosa de un solo estómago. Así ha crecido.

—Sí, ya veo que ha crecido muy bien —murmuro.

—Si no fuese por él y su mujer, no tendría nada de esto, y a saber en qué zanja estaría metido.

Entramos en la carnicería. Reparo en que ha cambiado los precios de todos los productos y todo se paga ahora en belmonteños. Ni rastro del euro. En la radio suena *Hoy por hoy*. Están comentando la estrategia de Perro Sánchez y que «más sabe el perro sanxe por perro que por sanxe». Matías se da cuenta y corre a cambiar de emisora a la velocidad del sonido mientras hace como que tose. No para hasta que encuentra una de música. De pronto, Hermanos Guijosa: Carnicería, Charcutería y Pollería se convierte en una sesión de Bizarrap con la voz de Quevedo. No puedo evitar buscar con la mirada a Inocencio.

—Bueno, Inocencio, ¿qué te pongo? —pregunta el carnicero.

Inocencio está extasiado por el sonido que escupe el altavoz.

—¿Qué es esto? —se interesa Inocencio.

—Ah, no sé. Desde el verano pasado no paran de poner la canción. No paran. Pasé el agosto en Cádiz con mi mujer y el «quédateeeeee» sonaba en cada chiringuito cada cuatro canciones.

Tiene mujer. Tomo nota.

—Es Quevedo —resuelvo.

Inocencio maniobra para orientarse hacia mí.

—¿Cómo que Quevedo? ¿¡El poeta!?

—¿Cómo va a ser el poeta, Inocencio? Aunque ahora hay máquinas que puedan poner la voz de quien sea cantando. Solo es un chaval que se ha puesto el mismo nombre —interfiero y me vengo arriba—. Aunque esto no sea España, ha sido la canción número uno mundial. Nadie soporta a Pérez-Reverte, pero todos hemos leído *Alatriste*. Es imposible que no hayas escuchado esta canción. Vamos, hasta en el hospital has tenido que oírla, me juego un dedo.

De pronto, Inocencio vuelve a mirar al vacío. Abstraído.

—A todo el mundo le gusta recibir cartas, pero ya nadie compra sellos —musita, como en la cena de ayer.

—¿Qué sellos, amigo? Que hace una vida que dejaste de ser cartero.

Inocencio se queda en silencio un segundo, para luego volver a la lucidez.

—¡Que no me gusta! ¡He dicho que no me gusta!

Matías y yo nos miramos he intentamos acompañarlo como buenamente podemos en este ramalazo del cangrejo.

—A ver…, es normal que no te guste. Tampoco imagino que este chico, que tendrá veinte años, tenga a las personas de noventa como público nicho. Aunque, ¿puedo decir una cosa?

—¡Dime! —gruñe, y pega tanto su mentón al pecho para mostrar su indignación que le brota una papada inexistente.

—No te lo digo, que estás enfadado ya. Pide las carrilleras de cerdo a Matías y nos vamos —le contesto con un claro tono de maternalismo impostado para que se baje de la burra.

—¿Un kilo estaría bien? —pregunta Matías, y saca del mostrador la pieza.

—Sí, un kilo le dijo Estrella que quería —le respondo.

—No, dos kilos —corrige Inocencio, travieso—. Que mi mujer las va a hacer con una salsa al oporto que revive a los difuntos. Así, si sobran, te las traigo luego en una fiambrera.

—Quién soy yo para llevar la contraria a nuestros mayores —bromea Matías mientras envuelve la carne en un papel laminado.

—¿Cuánto sería?

Matías rebusca en la caja registradora hasta que da con una especie de tabla de equivalencias.

—Un… ¡un belmonteño con veinte!

—Cada día tienes la carne más cara —critica Inocencio mientras rebusca en su cartera. Quizá, con un poco de suerte, vea el primer belmonteño de mi vida (aunque no sea de curso legal). La cara de Inocencio indica que no caerá esa breva.

—Ay, Matías. Me he tenido que dejar el dinero en casa. Mira que lo tenía en la entrada para que no se me olvidase. «Esto» me va a hacer perder la cabeza.

—Inocencio, ni te preocupes. Mañana me lo traes, o tu mujer, con ese táper para compensar y tan amigos.

Se nota que Matías ha interiorizado en muy poco tiempo los mecanismos para tratar con la «realidad» de Inocencio. Tiene que ser muy importante para él. Y, por lo que ha dicho, para todo un barrio de adultos que no han olvidado a los niños que fueron. Esos niños antiguos que veían en la casa de Estrella e Inocencio una segunda casa. Estrella, la arreglatodo, y el cartero Ino.

Nos despedimos del carnicero y salimos. El perro Ronco ha aprovechado el rato que nos hemos tirado en la tienda para seguir trajinándose la rampa. Al escucharnos se aparta. Inocencio y yo lo miramos y hacemos una extraña reverencia por el *coitus interruptus*.

Estrella llama a Inocencio al teléfono. Él no parece enterarse y tengo que cogerlo yo.

—Estrella. Soy Lea, ya vamos para casa.

—Eso, que Nacho ya está aquí con el contrato. Hija, ¡que vas a comprar esta casa!

Colgamos. Quiero llorar. Quiero chillar y saltar, no sé por qué. Quiero levantar a Inocencio y bailar con él sin música; que si alguien nos mira y piensa que estamos locos sea con razón. Quiero volver a Hermanos Guijosa y plantarle un morreo a Matías. Hay abismos que separan estar sola y estar bien sola. Y por fin comienzo a ver esa luminaria al final de la niebla.

—Lea…, ¿qué me ibas a decir antes?

—¿Cuándo?

—Lo que si me decías me iba a enfadar.

—Pues que lo primero que pensé al verte es que te parecías mucho a Góngora, pero en guapo. Y que pasara lo que pasase, no me convendría estar a malas contigo.

Inocencio estalla en carcajadas. Todas las buenas personas sonríen igual. Y aunque no haya tenido una infancia difícil, me habría encantado tenerlo de segundo padre.

13

Nunca pauses un anime

Flor de Sakura,
flor de Sakura,
no me da pena, me da ternura,
no pa siempre pues ser una estrella y brillar,
via reírme cuando tenga ochenta
y mire p'atrás.

ROSALÍA, «Sakura»

Lo de mi relación estrecha con la inercia no viene de ahora. Tenía dos años menos de la edad que ahora defiende el pequeño Olivín cuando me fracturé el cráneo. A quién no le ha ocurrido. Ves *Sailor Moon*. Te crees Rei Hino. Te pones a saltar de la cama al sillón, del sillón a la cama; tienes un pequeño fallo de cálculo y, al grito de «Marte, flecha de fuego…», terminas fracturándote el cráneo contra el somier. Es de cajón. No tuve grandes secuelas (más allá de una prohibición de por vida de ver *Sailor Moon*). Pero ese día conocí de primera mano las viejas leyes de inercia, trayectoria y desgracia causal.

La vida no consiste en dar con la tecla, pero se acerca más a pillar un teclado musical, pulsar el botón de bossa nova y hacer como que sabes tocar. Es pedir a un padre, noche sí y noche también (durante un mes), que te lea antes de dormir el mismo libro de dinosaurios, memorizarlo palabra por palabra y hacer creer a una madre convaleciente que ya sabes leer. Ojear los libros por los dibujos. Sumar días por sus vertidos. Lo que más me reconforta de la inercia es su constante vital. El indicativo de que la vida sigue y no se para por nada ni por nadie. Y que querer que se pare a esperarte es como pausar tu anime favorito. Nos afea a todos.

—¡Tita Lea! —vocifera el pequeño Olivín al verme desde la recepción de la clínica.

La clínica parece un laboratorio futurista donde hemos viajado al pasado para ayudar a las mujeres que quieren congelar sus óvulos o que no pueden quedarse embarazadas por sí solas. El espacio está pintado de un blanco pulcro con butacas color mostaza y flores de lavanda de plástico (la flor de la fertilidad) en cada mesa. En una de las paredes de la sala de espera hay un vinilo gigante con la promesa de un neonato abrazado por su madre. Sala de espera donde a las tres mujeres que hay se les cae la baba con el pequeño Olivín. Acto seguido ven entrar a Oliver y se les cae otra cosa. Debería advertirlas de que este niño es uno de esos «niños trampa» que son tomados como ejemplo por parejas que quieren ser futuros papás y mamás. Y no estoy hablando del hijo.

Las salas de espera, cuando se quiere ser madre, son un depósito de anhelos. Y no todos los anhelos germinan. Mi trabajo consiste en captar y acompañar a estas mujeres a la clínica, resolver sus inquietudes y ser el punto de unión humano entre la médica y ellas. Ser la mano que las tranquilice. Es un lugar donde también hay que ayudar a lidiar mucho con la frustración cuando ves a mujeres que van cada poco tiempo a intentarlo y fracasan. Hay una muy creyente a la que llamo cariñosamente «la Virgen María», que quiere ser madre sin haber tenido nunca relaciones sexuales. Eso jura y perjura ella. Hay otra que me asegura que nunca va a querer ser madre. Que eso no cuadra con su trabajo y modelo de vida, pero que sus amigas le han aconsejado congelar óvulos porque «nunca se sabe» y no quiere arrepentirse mañana. Esto me toca de cerca. ¿Por qué se nos vende que estamos incompletas sin hijos? Puedes promocionar en el trabajo hasta liderar una empresa, pero ni en ese escenario te libras de la cantinela de «es que vives para trabajar, ¿has pensado en tener hijos?». En fin… No solo tratamos a mujeres aquí, también tenemos que exportar materia prima a lugares como las islas Baleares (donde el esperma no es tan abundante como en la Península).

Olivín se siente el centro de las miradas y se esconde tras mis piernas.

—Pero ¿quién es este señorito tan guapo?

—Soy Oliver, tita, ¡que lo saaabes!

—Es que con la escayola todavía no te reconozco. ¿Y cómo tienes el brazo?, ¿se está poniendo fuerte?

—Pica muuucho —confiesa, eléctrico.

—Si pica mucho es porque está curando bien. Así que no te lo toques.

El pequeño Olivín busca algo en su bolsillo con la mano no escayolada y me entrega un folio plegado.

—¿Sabes que te he traído una sorpresa?

—Hola, Lea —saluda Oliver, y lo acompaña con un abrazo—. Pero no le digas qué es, que no sabes guardar sorpresas.

—Es un dibujo —confiesa el niño.

—Pero ¿qué te acabo de decir? —lo regaña el padre.

—¡No me he chivado! Solo he dicho que es un dibujo —se justifica, y agita las manos—. Si hubiese dicho que es uno de Sonic, me habría chivado, pero solo he dicho «un dibujo, un dibujo».

Abro el dibujo y descubro con total sorpresa que, en efecto, es otro retrato (de la centena que debo de tener en casa a buen recaudo) del erizo azul.

—Oliver, este es el mejor Sonic de todos los Sonic que me has hecho... ¿Sabes qué? He comprado una casa y, cuando me la den, lo primero que se verá al entrar será un cuadro con este dibujo, ¿te parece bien?

Pero el pequeño Oliver no me presta atención. Se encuentra obnubilado por un vídeo promocional en bucle que emite la televisión de la sala de espera en el que ofertan todos los servicios de la clínica. Entre ellos, el de bótox, donde se ve una animación de media docena de jeringas pinchar líneas de expresión. El niño señala a la tele.

—Tita, ¿por qué pinchan a la mujer? ¿La están vacunando?

—Sí, contra la vejez —murmuro entre dientes.

Estamos en Oliver's House. Oliver se mudó aquí hace cuatro febreros para poder estar más cerca del colegio, tener más tiempo de calidad con Olivín y no tener que darse madrugones a la carrera con el niño a caballito para no perder el 122. Literalmente, se mudaron en frente del colegio. No es que la casa esté próxima, es que las puertas del colegio están a veinticuatro pasos (cuarenta y tres en los zapatos de Olivín) del portal. Durante la pandemia se publicó una noticia que hablaba de los esfuerzos en Francia por prohibir el lanzamiento de niños por encima de la verja si llegaban tarde al cole. En plan tener que poner señales de prohibición y todo, con minimonigotes que son lanzados sobre vallas. Bien, la casa está tan cerca de la verja que Oliver (y no estoy dando ideas), si quisiera, podría conseguirlo desde la terraza. Eso sí, todos los días Olivín entra por los pelos. El niño tiene una habilidad innata para perder tiempo, y eso que Oliver es un cagaprisas de manual. Basta con que le respondas a un wasap con un «te tengo que contar, vas a flipar» para que movilice todo un dispositivo (niño mediante) y te vaya a recoger a tu lugar de trabajo para que no tengas escapatoria. Olivín está inmerso en una competición doméstica de Hot Wheels. Diría que está ganando el espectáculo. Nosotros ya vamos por la segunda Alhambra. He intentado resumir (sin mucho éxito) lo de la casa, la cacatúa, el pequeño detalle del Estado independiente, la cena, lo de quedarme a dormir, el «no pago» en belmonteños y la firma del contrato de arras.

—Dos días llevamos sin vernos, Lea.

—Sip.

—Desde el domingo y estamos a martes...

—Ajá.

—Y en dos días ¿te ha dado tiempo a guionizar, coproducir y protagonizar una versión libre actualizada del *Quijote*?

—Más o menos, pero con su inclusión forzada *woke*. Se van a rajar las costuras al verme en el papel de Sancho Panza.

—Déjame asimilar todo esto... Lo primero que te diré es ¡enhorabuena por la casa! —dice, y me choca el botellín con su cerveza—. No sabía que mi método sería tan efectivo.

—Bueno, de momento solo son las arras. Y, la verdad, espero tardar mucho en irme a vivir a esa casa.

—Es que ¡vaya melón! Y lo segundo que te iba a decir: ¿tú de verdad le crees?

—¿A Inocencio?

—Sí. Que si piensas que es por la enfermedad o… se está quedando con todos.

—Oliver, si lo conocieras, verías que…

—No estoy diciendo ninguna locura. Piénsalo. Estás terminal, no sabes lo que te queda de vida, pero te sientes un lastre. Cada vez que miras a la mujer que quieres, ves cómo se le pone un poquito más cara de viuda. No quieres aceptar la realidad y te inventas una propia para no sentirte culpable.

—La verdad es que no me había parado a pensarlo mucho. Pero, de todas formas, ¿cambia algo?

—El final. Al final el Quijote moría cuerdo, «Sanchita» —aclara, y se pone la cesta de la fruta en la cabeza a modo de bacía de azófar—. Por cierto, hablando de finales. Cuando termine junio entonces, ¿qué vas a hacer? Te vendrás aquí con nosotros, ¿no? —pregunta alzando la voz para que lo escuche Olivín.

—Eso es juego sucio, puto —musito.

—A ver, es que lo veo como la opción más lógica. Ahora vas a tener que controlar aún más los gastos, no sabes si te vas a ir para semanas, meses o días. Vente aquí, que esta ya es tu casa. Si tienes hasta tu propio juego de toallas y cepillo de dientes.

—Ya, pero una cosa es venir aquí a menudo y otra muy diferente no respetar vuestra privacidad… Y si traes a alguna jefa a casa, ¿qué hacemos? Me das una Quechua y una linterna ¿y acampo en el patio del cole?

—¡Cómo te voy a echar para!… No, mujer… —responde, pensativo. Demuestra que ese escenario no se lo había planteado—. Si acaso, me iría a un hotel.

—¿Te das cuenta la chorrada que es? ¿Cómo te vas a ir de tu casa para foll…? —Oliver tose como si se fuese a atragantar. Le pido disculpas con las manos—. ¿Cómo te vas a ir de tu casa y vas a pagar un hotel para «buscar trabajo»? —reformulo la pregunta, y Olivín se acerca con un Monster Truck en cada mano.

—Papá, mamá dice que trabaja para ganar dinero. Si tienes que pagar por trabajar, no es un buen trabajo —le explica Olivín.

—Muy bien dicho, señor —secundo, y Olivín, totalmente satisfecho con su aportación, se vuelve a marchar.

—Entonces ¿qué vas a hacer? ¿Encerrarte en tu piso y okuparlo? ¿Manifestarte contra los fondos buitre y todo Blackstone?

Me quedo dubitativa. De pronto, algo dentro de mí pita. Mi mente es una olla a presión con un pitorro que no para de silbar por la zona soldada que me fracturé. Pienso en las abuelas de la posguerra. Sumisas ante maltratadores domésticos a los que llamaban maridos y compañeros de vida. Mujeres que solo comenzaron a vivir tras enviudar. Mujeres que murieron sin ver tan siquiera la playa. No voy a dar el gusto de poner la otra mejilla. Pienso en la suerte que tienen Estrella e Inocencio de tenerse. En su hazaña vecinal olvidada. Todo un barrio plantando cara al alcalde. La vida no se detiene por nadie, pero se le puede llevar la contraria.

Acabo la cerveza y miro a mi amigo como si en el fondo de la botella hubiese encontrado el mapa del tesoro. No seré Rei Hino, pero a la hora de tener ideas incendiarias no me gana nadie.

—Romper la inercia. Eso es lo que voy a hacer.

14

Tipografía para pancartas

Some of those that work forces
are the same that burn crosses.
Uh!
Killing in the name of.

RAGE AGAINST THE MACHINE,
«Killing in the Name»

Llego a casa. Entro en la cocina y cojo tijeras, un permanente rojo y otro negro. Llego al despacho y retiro una sábana blanca del tendedero. Pobre de aquel que lo confunda con un alto el fuego. La última vez que metí esta sábana en el tambor de la lavadora tenía restos de tu esperma. La gravedad no es solo una fuerza de atracción. La soledad no es solo un hábito. Voy al cuarto. Saco del altillo un bote de pintura y brochas. Llevan aquí desde que pintamos una de las paredes del despacho. Yo te decía que no iba a pintarlo de negro. Tú defendías que era marengo para darle a la habitación profundidad. «Ya que no vamos a pintar esta habitación de rosa ni de azul, ¿qué te parece darle un toque elegante?», dijiste. Elegante. Hasta para decir que hay que vestir una habitación de luto matricida en honor a todos los niños que no nacerán en el domicilio.

Extiendo la sábana en el suelo del salón, me siento y procedo a escribir. Me recreo. Quiero que sea legible.

Siempre fui una niña rara. Hasta en la escritura. Soy la única que conozco a la que se le daba mejor escribir en minúsculas que en mayúsculas. Especialita hasta para la caligrafía. Hacía cabriolas y florituras como una gimnasta con cinta con esas diosas menores, pero las mayúsculas (a excepción de las bes y algunas erres) eran poco menos que infiernos de Dante. Siempre lo tuve por defecto y siempre lo asocié a mi incapacidad para gritar y decir «hasta aquí». En aquellos tiempos, para mí un puño sobre la mesa solo era una mano que no se podía abrir. Es por eso por lo que me sorprendo al ver cómo me están quedando estas mayúsculas. Arquitectura espontánea. Un regodeo de altura superior. Un grafólogo no sabría decir si quiero que me lean los labios o si quiero que se lea a leguas que estoy hasta el coño.

Termino mi obra, saco la pancarta al balcón y la sujeto con cuatro macetas. Finalmente la extiendo hasta que el mensaje FUERA BUITRES DE MI ALQUILER. #NOSQUEDAMOS decora la fachada.

15

Diez mil pasos diarios por la Dehesa nuclear

Solo es humo y nada más,
se parece tanto al veneno de Medusa
que roza y quema en un instante fugaz,
una montaña rusa, la gloria enferma
de los que quieren reinar, reinar, reinar el cielo.

LEIVA, «Mi pequeño Chernóbil»

He amanecido con una llamada de Estrella. Necesitaba hablar conmigo en persona. No sé qué tiene que contarme, pero se la notaba con urgencia y me pidió que la acompañara en sus diez mil pasos diarios por la Dehesa de la Villa. Por lo visto, religiosamente cada día anda la friolera de diez mil pasos. Llueva, nieve o enferme. Incluso mientras Inocencio estaba ingresado los hacía paseando por todo el hospital. Diez mil pasos todos los días desde que cumplió los cincuenta. Es decir, lleva treinta y seis años completando diez mil pasos cada mañana durante trece mil ciento cuarenta días. Por lo que, si las cuentas no me fallan, lleva ciento treinta y un millones cuatrocientos mil pasos.

La veo a lo lejos. Está sentada con otros tres ancianos. Ni rastro de Inocencio, lo que me perturba aún más. No le habrá pasado algo, ¿no? Me zafo de esa idea. Lo habrá dejado con el cuidador. No iba a hacer los diez mil pasos diarios empujando una silla de ruedas. Aunque la veo capaz. Estrella y sus amigos están sentados alrededor de una mesa de ajedrez de hormigón con asientos. Parecen feligreses de la barra de un bar. Una reunión de antiguos alumnos del año de la pera, que daban clase al aire libre y regalaban manzanas al maestro. Juegan a las cartas. Uno de ellos lleva un pañuelo de tela pillado con la gorra para hacer un toldito que le proteja de los rayos del sol. Vive en 2083. Otro, con hechuras de dandi, está sentado sobre un periódico como cubrebancos para no mancharse el traje. Intuyo que este protocolo interiorizado se extiende a los días de lluvia y barro. El último tiene a su lado un carrito que porta una bombona de oxígeno portátil con una sonda enchufada a su nariz. Por si fuera poco, a esta imagen se le suma un chico próximo a ellos que puede tener fácilmente mi edad, y que golpea con nunchakus un árbol previamente protegido con esponjas. Las esponjas tienen zonas coloreadas de un rojo que, entiendo, hacen las veces de puntos vitales. En el suelo hay un radiocasete que acompaña este entrenamiento antiholocausto zombi con una canción de fondo que dice algo así como «*I don't wanna fight*».

—Lea, hija, ¿qué tal todo? —saluda Estrella—. Mira, te presento a Aurelio, a Bartolomé y a Pascual. Bueno…, y al nieto de Pascual, Maxi. Esta es Lea. Nuestra heredera.

Todos parecen sorprendidos y asienten con cortesía. Menos Maxi, que me hace una especie de kata e inclina la parte superior de su cuerpo a la voz de «*Oss!*».

—Encantada.

—Disculpa a mi nieto —responde nasal el anciano de la bombona de oxígeno. Parece que la cánula le impide la fluidez en el habla—. No es el lápiz más afilado de la caja.

—Lea, ¡qué nombre más exótico! —señala el dandi—. ¿Quieres sentarte a jugar con nosotros a las cartas? —pregunta, y desplaza a Pascual hasta casi echarlo del banco. A él y a su bombona.

—¿A qué jugáis? —me intereso.

—Al cinquillo —aclara el anciano del gorro-toldo—. ¿Sabes jugar?

—Mmm, es lo del cinco de oros, ¿no?

—Sí que sabe, pero nos tenemos que ir, chicos —interrumpe Estrella, y se levanta—, que las señoritas tienen que hablar de sus cosas.

—Nunca terminas las partidas, Estrella —crítica el dandi.

—Te doy permiso para que levantes mis cartas. Os iba a ganar de todas formas.

El de la bombona las levanta y lo confirma. El dandi chasca la lengua contra el paladar.

—Y recordad que la fiesta es el domingo 11 a las cinco de la tarde aquí, ¿vale? Domingo 11. Cinco de la tarde.

—Que sí, mujer. Que este estará jodido de los pulmones, este del corazón y yo con el glaucoma, pero de oído estamos finísimos —contesta el anciano del gorro-toldo.

—¡No invoques, agorero! —le reprende el dandi—. Y tranquila, que no faltaremos, ¡ahora que ha vuelto!

—Y Pascual, tráete a Maxi. Así tendremos animación.

La Dehesa de la Villa es uno de los pulmones verdes de Madrid. Un retén con parejas mirando un horizonte de carreteras en miniatura, un bosque frondoso de cedros, almendros y pinos donde carteles informan de que hay un centenar de especies diferentes de aves que todo el mundo oye pero nadie ve. Un peligro para los incendios cuando ya solo echan primavera de garrafón y el verano se desvela. Una ruta para los «andariles» más exigentes que dispone de aparatos para realizar gimnasia natural y un descanso de fuente de cemento custodiada por avispas. A esto se le une el detallito de que antes era un almacén de residuos radiactivos y que en los años setenta tuvieron su propio Chernóbil autóctono.

Intento seguirle el ritmo, pero parece que Estrella se toma muy en serio sus diez mil pasos diarios. Llegamos a una fuente y nos detenemos. La intercepto mientras bebe agua.

—Estrella, cuénteme, ¿de qué quería hablar?

La anciana no tiene prisa en contestar. Bebe hasta que el grifo deja de soltar agua y Estrella lo vuelve a pulsar. Bebe y extiende la palma de la mano para indicarme que espere. El grifo se vuelve a detener. Ella se incorpora y se limpia las comisuras con la muñeca.

—¿Tú le has dicho algo a mi Ino?

—¿Cómo? ¿Algo de qué?

—No sé, desde que lo llevaste a comprar y volvió… está raro.

—Rareza de qué tipo.

—Pues… que vuelve a ser el de siempre.

—¿El de siempre?

—Sí, como antes.

—¿Y eso le parece raro?

—Sí, porque actúa como si fuese el de siempre, pero diferente.

—A ver…, que yo me entere. Su marido vuelve a ser como antes.

—Como antes del cangrejo.

—Pero actúa diferente.

—Como si fuera de verdad. Pero sé que no es cierto.

Quiero hablarle de mi consejo a Inocencio. Disculparme por meterme donde solo me dieron un visado falso. Quiero confesar que él es quien piensa que ella ha perdido la cabeza. Que le sugerí que le siguiera la mentira por aquello de hacer más llevadero el desenlace. La culpa es una caída libre hacía uno mismo. La culpa entra por el oído, la vergüenza por el ojo y no sé con qué cara mirarla.

—Mire, Estrella. La verdad es que…

Me corta el sincericidio con un gesto.

—¿Sabes lo que es la patria?

—Pero es que le quería decir que…

—Cállate, ¿sabes lo que es la patria?

—¿La patria? Sí, pues… La patria es el lugar de uno —defino.

—Mentira —contesta ella, tajante.

—Eh…, entonces ¿qué es?

—Es una mentira.

—¿Cómo?

—Es la mentira, Lea. Una mentira que se dice cientos y cientos de veces. Y mil más. Y luego un millón. Y así hasta que cala y echa raíces. Se la cerca. Se inventan leyes para regar esa falacia y la protegen a buen recaudo. No son listos ni na. Se eligen voces convincentes para hablar en su nombre. Borran del mapa las que les puedan llevar la contraria porque, si no, la mentira no sería creíble. Se dejan dinero para defenderla hasta con sus vidas. Se crean símbolos que le rindan culto y, solo y únicamente cuando ya está lista y te has acostumbrado a su presencia, florece y todas y todos nos sentimos parte de ella. ¿Ahora lo entiendes?

—Sí —asiento sin saber muy bien adónde quiere llegar.

—Pues imagina el cojón de pato viudo que me debe de importar que Inocencio se crea que vive en su propia patria ficticia. Mientras sea el de siempre y crea que vive en su mentira favorita. Eso sí, niña: una cosa es que él se crea una locura y todos hagamos nuestro papel por decisión propia y otra muy diferente es que le pidas que me mienta a mí como si fuese la tonta del pueblo.

—Estrella, lo siento. Yo...

—¡Tú nada! ¿Qué te crees, que no me lo iba a decir? El pobre nada más llegar me pidió la tele argumentando que tú le habías dicho que me dijera a mí que él estaba equivocado y que ahora ya éramos españoles otra vez. Así, de la nada. Como si fuese un botón on/off. Yo pensaba que le habías dicho la verdad. La verdad verdadera, hasta que empezó a actuar como un americano que quiere hacerse pasar por madrileño con todos los clichés de libro. Dijo que quería ver jugar a la selección española. Que, para cenar, mejor un bocadillo de calamares, porque como en Madrid, en ningún sitio. Y que, por favor, le pusiera en la radio poemas de Quevedo, que se había vuelto a poner de moda y le gustaban mucho. Y ahora soy una española que tiene que hacer como que es una belmonteña haciéndose pasar por una española. Es que ¡me canso hasta de decirlo! Entiendo que quieras ayudarme, pero, hija, no vuelvas a hacer algo a mis espaldas, ¿estamos?

—Estamos, Estrella.

—Que se te meta esto en esa cabecita que tienes: mentir sobre mentira no se acerca ni a media verdad. Cuando el mundo se me caía encima, hice palanca. Todo nuestro entorno me dijo que estaba mal. Pero ¡ahí le tienes a Ino! Vivito y coleando. Plantando cara al cangrejo en esta especie de equilibrio. Así que, si no te pido ayuda, jamás en la vida se te ocurra otra vez mover un dedo.

—Ni uno solo, Estrella. Se lo juro por mi padre.

—Por cierto, Inocencio el día 11 cumple años. Noventa y uno ya. Le vamos a preparar una fiesta sorpresa y tú…, bueno, te acabo de regañar como si fueses nuestra nieta, así que espero que me ayudes a preparar todo.

—En lo que pueda, cuente conmigo —intento responder con un nudo en la garganta.

—Ahora dame la mano y ayúdame a volver a casa, que los pies me están matando.

Rompo a llorar. Balbuceo algo que quiere sonar a «no sabía qué hacer, pero quería ayudarla». Me sorbo los mocos. Estrella saca del bolsillo un pañuelo y me lo ofrece; lo lleno hasta que rebosa. Saca otro pero rehúso. Me abraza y me vuelvo más cascada. Regresamos a casa. Ahora más despacio, a pasitos. La mentira tiene las patas muy cortas. Espero que la verdad no se canse de esperar.

16

El efecto dominó y el técnico de sonido de Yoko Ono

Woman, I know you understand
the little child inside the man.
Please, remember my life is in your hands
and, woman, hold me close to your heart.
However distant, don't keep us.

JOHN LENNON, «Woman»

Entro en el ascensor y es la primera vez en días que le planto cara a la imagen que me devuelve el espejo. Es un duelo curioso. Cuando una evita mirarse, se convierte en poco más que un bulto, una masa extraña, un hurto menor. Hoy me encaro y, a pesar de la luz criminal de los ascensores, tengo buena cara. La primera buena cara en días. Dicen que por Madrid nadie se encuentra con su ex, pero si tiene que ser algún día, que sea hoy. Hoy, que quedo con otro hombre. Aunque ese hombre sea mi señor padre.

Voy por el quinto piso y se abre la puerta. Entra una señora. La saludo con un decibelio existente. Me fijo en ella: esta señora se parece a la madre de Marco, pero su reflejo se parece a Quentin Tarantino. Se le nota que quiere entablar conversación.

—Perdona, eres tú la del sexto, ¿no? ¿La del cartel?

—Sí —afirmo, tímida. Con un tono que no me haga presumir y que tampoco me incrimine.

—Yo soy Amparo. De verdad, no sabes lo valiente que eres. Ya era hora de que alguien le diera en los morros al casero. ¡Que se entere todo el mundo de que es un estafador! Escaqueándose siempre con las reparaciones; pero, eso sí, pásate un día de pagar el alquiler que ya verás como lo tienes ahí al aguililla. «Amparo, tiene que haber un error porque estamos a día seis y todavía no he recibido el ingreso». Y ahora ¿nos echa? Nos echa de unos pisos que ni siquiera son suyos, que los heredó de su madre. Y al niño rico le tocó la bonoloto.

Llegamos a la planta baja. Se abren las puertas. Dejo que ella y su ira salgan primero. Me contagio de su *vendetta* como de un perfume que se pega en la nariz.

—Amparo, ¿y por qué no nos reunimos todos los vecinos y hacemos algo? Algo se podrá hacer.

La temperatura de la entrada del portal asciende un grado centígrado por lo menos. La mirada encendida de Amparo es la causa.

—No se hable más. Si es que ya lo dijo ayer Esperanza Gracia: «Aries: se avecinan cambios y caminos positivos si te atreves a transitarlos». Y eso es lo que voy a hacer. Aquí donde me ves conozco a todos los vecinos, soy como la presidenta del edificio. Tú déjame a mí, que Amparo monta todo el tinglado en un santiamén.

He venido andando hasta el Café Run Run Run. Sí, es más de una hora a pie. Siete mil doscientos dieciséis pasos. Sí, Estrella me ha aficionado a hacer (a partir de ahora) mis diez mil pasos diarios. Viendo el cutis que me dejó la sudada de ayer, no me voy a bajar de este barco en lo que me queda de existencia. Mi padre aguarda en una mesa exterior. Puede que tenga la deferencia de esperarme para pedir el desayuno, pero ni por su hija se va a saltar el primer cortado de la mañana. Si se sienta en una cafetería y hace esperar al camarero sin pedir algo, se pone histérico perdido y le entran los picores.

—¡Qué buena cara tienes, Moco!

Me abraza como se espachurra en la llegada a un corresponsal de guerra. La mesa se vuelve un sábado de tostadas con aguacate y huevo poché. Reímos. Todas las niñas endiosamos a nuestros padres sin saber que algún día tendremos que dar matarile a esa parte. Todas, sin excepción, nacemos con un arma matadioses o matademonios, y cuando asestamos el golpe de gracia, rezamos por que haya un buen hombre al que rescatar. Como Dios, mi padre no se ganaría la vida. Como padre, es un regalo caído del cielo.

Le empiezo a poner al día sin obviar ningún detalle por minúsculo que sea. Por teléfono (por mucho que insistiera), no hubiese sido igual. En varios momentos de la conversación, mi padre casi hace la cafetera y le sale el café por la nariz. A veces no da crédito. Otras me mira con orgullo. Le enseño fotos de la casa y de cada estancia. Me pide visitarla un día. Me reconoce que, más que por ver cómo es, es por conocer a Estrella y a Inocencio. El relato dura todo el desayuno y parte de su tercer café.

—Y ¿cómo estás con Marina?

—Bien. Todo lo bien que se puede cuando el cuerpo no puede seguirle el ritmo al deseo.

—¡Papá!

—Vaaale, ya paro. Pues bien, Moco. Bueno, ahora bien. Esta semana ella quiso discutir por no aburrirse y a mí me fatigan las discusiones innecesarias hasta el aburrimiento; entonces ¡para qué queremos más! Pero todo arreglado. Y tú ¿cómo lo estás llevando? Te veo más entera.

Voy a responder a mi padre, pero veo que mira por encima de mi hombro y cambia de expresión por completo. Quiero girarme para ver qué tanatorio ambulante le ha llamado la atención, pero un perfume muy reconocible me saca de la duda antes de que pueda girarme.

—Hola, Josemi…; hola, Lea.

—Hombre, Joel, ¿qué haces por aquí? —pregunta mi padre.

Nunca te vas a encontrar con tu ex por Madrid. A no ser que la ley de Murphy conspire, le debas una al karma, Esperanza Gracia lo dijese en el horóscopo de ayer, o quedemos mi padre y yo a desayunar en el puto Café Run Run Run sin tener en cuenta la minucia de que estamos en frente de la pista de atletismo del Canal y que a Joel lo que más le encanta en esta vida es correr.

No es el Joel con el que convivía, es un Joel más chupao. Más venido a menos. Menos «mi Joel». Lleva unas mallas que no dejan lugar a equivoco y una camiseta conmemorativa de alguna de sus maratones. Sudado hasta la rabadilla. Tiene mala cara. Seré buena para negar, pero no negaré que lo celebro. Saluda con la prisa que otorga la incomodidad; yo le devuelvo el saludo, escueta. Descarto una posible encerrona por parte de mi padre.

—Ahora, eeeh…, vivo por aquí con un colega. Necesitaba desconectar y hacer deporte un rato, que estoy oxidado. Y vosotros ¿qué hacéis aquí?

—Pues conseguir que mi hija saque un poco de tiempo para verme y celebrar las «buenas noticias».

Joel me mira. Busca en mis ojos indicios que le indiquen a qué se refiere mi padre con eso de «buenas noticias». Se siente ajeno.

—Oh, eso suena muy bien. Bueno…, os dejo que celebréis. Me alegro de veros —finaliza, y se despide sin aminorar el ritmo del trote.

De camino aquí he arrancado un cartel de una pared con alevosía. Mi única motivación ha sido que anunciaba un evento con una fecha en la que todavía estábamos juntos Joel y yo. Posiblemente ese cartel estuvo ahí cada vez que paseábamos de la mano, pero no he recaído en él hasta hoy. El cartel no tenía nada que ver con nosotros. Anunciaba algo como «Ven a ver a los villanos y villanas de Disney al centro comercial La Vaguada. Hasta el 23 de abril». El póster no me había hecho nada en absoluto. Solo ser pasado, algo que se niega a caer.

Me froto el cuero cabelludo en un intento de frenar esta procesión de nostalgias. Mi padre juega con la cucharita del café para no oír su tamborileo.

—Sabes que se puede, ¿no? —asegura mi padre—. Si no, dímelo a mí.

—¿Rehacer tu vida cuando lo tenías todo con esa persona?

—Saber decir adiós —sentencia.

—¿Y cómo se calla esto? —le pregunto, y señalo mis sienes.

—¿La vocecilla?

—Sí. El vozarrón.

—Tú sabes que mi colaboración favorita de todos los tiempos es la de John Lennon y Chuck Berry, ¿no?

—Claro, desde pequeña me lo dices.

—Pues esa colaboración es irrepetible porque es la conjunción de tres leyendas: Lennon, Berry y…

—¿Yoko Ono? —pregunto incrédula.

—No, el técnico de sonido que apagó su micrófono. Hay que saber cuándo apagar la voz.

Subo por Pablo Iglesias y giro a la izquierda en Francos Rodríguez. Los caminos de vuelta son siempre más cortos. Desandar lo vivido dura vidas. De pequeña quería ser camarera del bar Coyote o veterinaria de iguanas. Hoy me conformo con vencer un día más la alexitimia. Suena el WhatsApp:

Jo(tú)el

Hoy

Me ha gustado verte, y verte tan bien. Tú tan guapa y yo tan sudado ☺ A lo que iba. El 10 cómo lo tienes para ir y recoger mis cosas? Sé que no es fácil, pero intuyo que la segunda quincena estarás tú de mudanza y no quiero ser un trasto más. Un beso, Lea.

Dile a tu padre que me
ha gustado verle y…,
sea cual sea la buena
noticia, te lo mereces 12.59

Silencio a Joel. Meto la llave en el portal. Han pasado solo tres horas desde que salí por esta puerta y me saben indigestas, inacabables. Subo las escaleras y contemplo mi bloque. No me creo lo que veo. Del quinto piso (justo debajo de mi letra) cuelga una pancarta que dice: FAMILIA AMPARO ROMERO: 2 ADULTOS + 3 MENORES. #NOSQUEDAMOS. En el cuarto piso otra denuncia: NI UN PASO ATRÁS ANTE LOS CARROÑEROS. #NOSQUEDAMOS. Una más en el octavo. En dos balcones de la planta tercera. Y en todos los segundos.

Mientras muteo a mi Yoko Ono, toda una fachada alza la voz: FUERA BUITRES DE MI NIDO. #NOSQUEDAMOS.

17

El madrileño y la casa de los cuchillos de punta redonda

Ni una escalera
para poder alcanzarte,
ni una pistola
para poder gobernarte.

C. TANGANA CON GIPSY KINGS,
NICOLÁS REYES Y TONINO BALIARDO, «Ingobernable»

Atravieso Valle de Mena y luego Sinesio Delgado. Tuerzo hacia Doroteo Benache y en la casa de Estrella e Inocencio tienen el desayuno preparado para los tres. Estrella me ha pedido que acompañe a Inocencio a comprar el pan y no sé si ha sido por petición del buen hombre o por su propio hartazgo.

—Hola, Estrella, ¿cómo está?

—«Estar» es un verbo muy largo. Pregúntame mejor qué tal llevo la patochada que has liado y te diré que agotada hasta las angustias. Anda, pasa, hija. Que hoy entras gratis al circo.

Encajo la reprimenda como primer paso para normalizar mi pifia y avanzo por el patio hasta la entrada. Ricardito, nada más verme, hace un mortal al grito de «quiere cacao, quiere cacao». No tengo cerezas que darle y el pájaro se va claramente decepcionado. Que no se me olvide añadir a mi currículo «sé decepcionar a cacatúas» entre mis aptitudes a tener en cuenta. Empiezo a fijarme con detenimiento en la casa. Todo parece igual salvo pequeños detalles imperceptibles. En la entrada reposa un juego de llaves que ahora tiene un llavero con una chapa rojigualda. El televisor ha vuelto y sobre este yace un tapetito pisado por una figurita de un toro y una bailaora. Incluso Inocencio luce una pulserita con la bandera de España. Al verme su mirada hundida parece sobresalir. Teledirige su silla hasta a mí. Acelerado, como un niño queriendo enseñarte el dibujo que te acaba de hacer. Bueno, cambia «dibujo» por «intento de conspiración», pero el caso es que parece haber creado un estado de ánimo inexistente hasta ahora.

—Lea —masculla quedo—. Te hice caso y ahora mi Estrella parece otra.

Estrella se acerca como invocada e Inocencio corta la travesura. Disimula. Perdón, llamar «disimular» a lo que acaba de hacer sería ser muy benévola. Los actores de la serie *Centro médico* a su lado parecían el reparto de *Hermanos de sangre*.

—Amor, ¿me podrías hacer el favor de poner el transistor? —le pide Inocencio, con la voz más impostada que recuerdo, y alza la mano como si declamara—. Es que quiero oír lo que ocurre en nuestro país.

Estrella me dispara una mirada mohína y se acerca a la radio.

—Claro, Ino, ¿qué quieres escuchar?

—La Cope. La Cope —le responde con júbilo, y me guiña el ojo.

Suena Herrera. Su timbre con bilis parece echar a Estrella, que se pierde en la cocina. Entre el hueco que deja la puerta entornada parece asomar una banderola del Real Madrid. Inocencio espera con cautela cinco segundos y continúa con su reporte.

—Pues… cuando te fuiste le dije: «Estrella, tenemos que hablar». Ella me miró preocupada, pero puse mi mano sobre la suya y dije, muy tranquilo yo: «Sé que el televisor no está roto, solo me quieres cuidar de él. Estrella, sé que somos españoles y por mi cabezonería de enfermo no quería aceptarlo. Ahora ya lo sé. Así que ya puedes traer la tele. Que ya sé que el roto soy yo». Ni me tembló el pulso, ¿eh? «Pero ¿cómo has llegado a esa conclusión, Ino?», me preguntó. Veía que no me terminaba de creer del todo, así que le confesé que tú me habías hecho entrar en razón y listo. Ahora, mírame, ¿a que doy el pego?

—Pero, Inocencio, ¿cómo se lo largas todo, alma de cántaro? Te dije que le hicieras creer, ¡hacerle creer! No venir a casa y decir: «Como Lea me lo ha dicho, ¡ea!, ya somos españoles otra vez, cariño. ¿Qué hay de cenar?».

—Ya. Y no me hables de cena —continúa, y se lleva las manos al estómago—. Que para cenar me dio por pedirle un bocadillo de calamares y gallinejas…, y no pude pegar ojo por la acidez, quién me mandaría…

—Sabes que solo los turistas comen bocadillos de calamares en Madrid, ¿no?

—Entonces ¿qué comen los madrileños?

—Comida, Inocencio, comida. ¿Y la casa? ¿Y la pulserita? ¿Y la COPE? ¿Qué se te ha perdido a ti en la COPE, Inocencio? ¿Qué estás haciendo?

—Pues hacerlo creíble.

—¿Creíble? Es que, como sigas así, Estrella se va a pensar que le das la razón como a las tontas.

—Y yo qué sé, puñeta. Si le digo que me ponga el televisor todo el día y se me nota la cara de asco… Por eso le pido que me ponga la radio que, aunque todo me suene a chino filipino, por lo menos parece como que me intereso. Cuando me fui del hospital, el taxi que nos trajo a casa tenía puesta esa emisora y ¡ni aguanto al hombre que habla! Pero es la única que conozco —espeta, impotente—. ¿Me puedes ayudar?

—¿A qué? Si ya te bastas tú solo para parecer Manolo el del bombo.

—¿A quién?

—Déjalo, que al final te voy a dar ideas. ¿A qué quieres que te ayude?

—A parecer madrileño. Llevo más de treinta años sin serlo.

Iba a responderle cuando Estrella, otra vez invocada, entra en el salón para apagar (menos mal) la radio. Lleva un cesto de pan recién horneado que me recuerda a pueblos donde no he estado. El resto de la mesa ya estaba puesta.

—¡Venga, a desayunar! Que acabo de calentar el pan y, si no, se va a quedar como una suela.

Me siento. Inocencio aparca en su plaza de la mesa para minusválidos. Estrella es la última en juntar su silla. Coge una hogaza y hace tres cortes en diagonal. Le echa aceite como si la bautizara. Despliega una alfombra roja de tomate por toda la rebanada. Escamas de sal por encima y nos desea «buen apetito» antes de llevársela al buche. Y yo que creía que sabía desayunar.

—Lea, además de por acompañar a Ino a comprar el pan (que lleva desde que nos hemos despertado insistiendo), quería agradecerte en persona que lo ayudaras a, ¿cómo dijo?, sí, «a entrar en razón». Si no llega a ser por ti, hija…

Ha utilizado un cuchillo sin sierra, pero parece la Casa de las Dagas Voladoras. Miro a Inocencio. Engulle con nerviosismo. Parece un niño nonagenario que quiere terminarse el desayuno rápido para irse de excursión. Luce pletórico, victorioso en su incursión en territorio enemigo como infiltrado. Macera a las mil maravillas con el agradecimiento hostil de su esposa.

—Es que esta niña vale un potosí —secunda—. Por cierto, ¿cómo vas con los carroñeros?

—¿Con lo del casero? Pues de eso también os quería hablar: estuve hablándolo con algunos vecinos y también están enfadados. Parece que vamos a hacer «algo».

—¿¡Os vais a movilizar!? —pregunta Inocencio en ebullición. Resopla por la nariz como un miura. Acto seguido, coge el cuchillo sin sierra y corta la pulsera de su muñeca. Clava los dedos en los reposabrazos; sus brazos tiemblan del esfuerzo sobrehumano. Jadea con dificultad. De su tracto respiratorio emana un soplido que sisea como una cobra acorralada—. ¿¡Contra los buitres y garrapatas!? Mmm… Mira, Estrella. Perdóname. Perdóname, mi amor. Sabes que te quiero, pero no puedo seguir con esta farsa… ¡Aj!

Y sin saber muy bien de dónde saca fuerzas, Inocencio se incorpora y se pone de pie con el equilibrio justo para quedarse erguido. Tiembla con dolor, como si cada segundo en esa posición le restara uno de los (no muchos) días de vida que le quedan. Observo a Estrella: ahora no es Estrella. Es mi padre mirando con orgullo a mi madre cada vez que se revolvía contra la enfermedad como un gato panza arriba. Es mi padre borracho de una esperanza placebo diciéndole a la muerte: «Tú aquí no tienes cabida.

Vuelve cuando te sepas comportar». Es una finta a la última verdad; algo que le permita oxigenar y aguantar al pie del cañón un día más.

Estrella salta de su silla y corre a abrazarlo entre lágrimas. Ya a buen recaudo, Inocencio se vence y desciende otra vez como una pluma enferma hasta posarse en su asiento ayudado por su mujer.

—¡Ay, mi loquito! —le dice mientras espachurra sus pómulos chupados con las manos y le planta un beso en los morros—. ¿A ti que más te da que yo crea que vivimos en España, en Belmonte o en Raticulí? ¿Tú me quieres así? Pues ya está. En esta casa es lo único que importa. Es nuestro pequeño reino. Aquí no manda cura, politicucho ni Borbón. Nadie más que nosotros y eso es en lo único que creo.

Inocencio no emite respuesta. Todavía intenta recobrar el aliento tras su heroicidad. Mira al cielo intentando arrancar una bocanada de aire como si fuese el número de un tragasables.

—Estrella, no volveremos a ser cobardes. No esta vez —asegura mientras aprieta sus manos con firmeza—. Lea, ¿en tu bloque os queréis movilizar contra los buitres? Déjalo en nuestras manos, hija, nosotros nos encargamos.

18

Si no piensas, el cangrejo no tiene por dónde agarrar

Vengo a decirte lo mismo
que tantas veces te he dicho,
eso que poco me cuesta
y que tú nunca has oído:
pequeña de las dudas infinitas
aquí estaré esperando mientras viva.

Supersubmarina, «De las dudas infinitas»

Hemos tardado más de la cuenta en salir a por el pan. En la Casa Malaparte ya será verano, pero aquí todavía impera el «hasta el cuarenta y uno de mayo, no te quites el sayo», y esta mañana nos lo recuerda en cada zona con sombra. Entre Estrella y yo hemos tenido que ponerle un jersey a Inocencio y se revolvía como una anguila. De todos los cables que se le podían pelar ha dado calambrazo el de la coquetería y decía que ese «trapo» no le quedaba bien. Que así no salía, a lo que Estrella ha respondido que entonces iba a ir a por el pan su tía y que no se preocupara, que tenía de otro día para descongelar. De pronto, Inocencio se ha visto como un pincel.

—Lea…

—Dime, Inocencio.

—No quiero ser de esos ancianos que solo hablan de enfermedad y morgue hasta que la vida les da la razón. De esos que enferman todo lo que tocan.

—Créeme que no eres uno de esos —le respondo, y le doy una palmadita con afecto en el hombro—. Mira, yo tengo un sobrino…

—¿Tienes hermanos? —interrumpe.

—Tengo uno, pero de libre elección.

—Eso lo entiendo, ¿y cómo se llama?

—Oliver.

—«Bendecido por el olivo». Buen nombre.

—Lo es. Y lo lleva con gusto. De hecho, le gusta tanto que también se lo puso a su hijo. Mi Olivín, con seis años, basa toda su ética y moral en que «su tita Lea» no se enfade. Si lía alguna y su padre me llama, Olivín no quiere hablar conmigo «porque me voy a enfadar». Cuando vamos de la mano, siempre lo pillo examinándome. «Tita Lea, ¿estás enfadada?», me pregunta constantemente. Cuando se lo niego, me argumenta: «Es que estás seria, como enfadada. Pones una cara como "así"». Siempre le respondo que es mi cara de pensar. «Pues no pienses, tita, que te enfada», me dice. Un día, en una lucha libre de cosquillas de esas que tenemos, estábamos desternillados y le dije: «¿Me ves enfadada ahora?». «No, ahora estás viva».

—¿Me estás diciendo que no piense? Bueno —responde Inocencio, meditativo—, nunca lo he probado. A lo mejor, si no pienso, el cangrejo no tiene de dónde agarrar y se cansa —ironiza.

—Espera, que no me dejas terminar la historia. Una noche que me tocó quedarme con Olivín, me preguntó que por qué los ancianos siempre hablan de lo malos que están. «¿Quién te ha dicho eso a ti, señorito?», le pregunté. «La abuela. La abuela siempre me dice que le duele todo. Si quiero jugar con ella, la abuela me repite lo que le ha dicho el médico. Si quiero compartir el postre con ella, la abuela dice ya no puede comer nada. La abuela me dice que no paro de hablar de Sonic, pero ella no para de hablar de lo mala que está. La abuela cuando piensa no pone cara de enfadada como pones tú. La abuela no ríe. Parece que no está viva». Tú no eres de ese tipo de ancianos, Inocencio.

Esa explicación, unida a la brisa agradable que corre, parece ser todo lo que necesita en ese momento.

Llegamos a la panadería. Bueno, a sus aledaños. Otras siete personas nos alejan de la puerta. Si me dicen que es la sala de espera de urgencias de un hospital, me lo creería. Me entran ganas de leer. Hay gente que es fumadora social. Yo soy una lectora asocial empedernida. Leo cuando no me quiero relacionar. Una voz más adelante en la fila nos llama.

—¿Lea? No te hacía por aquí, pero bueno… ¡Pero si tenemos a Inocencio aquí! Venid, venid, que os cuelo —saluda el anciano dandi que jugaba el otro día al cinquillo con Estrella.

En ese microsegundo, toda la fila se gira para contemplar a don Inocencio, se apartan con respeto y dejan de ser una fila para convertirse en una compañía de teatro del Reino de Belmonte. El primer figurante, un adolescente de peinado *mullet*, se aventura a entrar en la panadería (no descarto que sea para avisar de su llegada y que, una vez más, cambien todos los precios del establecimiento a belmonteños). El segundo, un padre que usa el chándal para todo menos para hacer deporte, nada más ver a Inocencio se quita la chaqueta y se la encasqueta a su hijo para tapar la camiseta del Atleti que tiene puesta. Una señora de avanzada edad, que contaba céntimos para ver si lo llevaba justo, los mete todos en el monedero con presteza. Todos menos un céntimo que, al caer con un eco molesto, rueda inexorable como una bola de demolición rumbo a Inocencio. Justo antes de llegar a nuestros pies es pisado por una niña con coletas que celebra el éxito de los que logran detener una avalancha en el último segundo con un baile de *Fortnite* en nuestra cara, y se lo mete en el bolsillo sin desvelar su valor. Se cierra el telón y todos al unísono saludan a don Inocencio. Flipa.

El dandi otra vez luce ataviado con un traje que no descarto que sea hecho a medida, un bastón con cabeza de perro galgo, del que no descarto que golpee con él, y un periódico enrollado bajo el otro brazo que se mete en la parte trasera del pantalón para que Ino no ojee ningún titular capcioso del país lejano que tiene a cien metros.

—¡Bartolomé, amigo! ¡Qué presumido estás hecho! ¿Y cómo es que conoces a Lea?

Bartolomé y yo nos miramos en busca de una coartada convincente y pasamos del cinquillo a la cara de póquer.

—De nada, ¿de qué la voy a conocer? ¡Tu mujer! Que me la encontré de paseo y me dijo que ya teníais compradora para la casa, una tal Lea, y al verte paseado por una joven tan mona lo he deducido.

La alegría de Inocencio se torna en sospecha.

—Pero si antes de verme ya sabías que era ella…

—No chochees, viejales —responde Bartolomé—. Que te había visto nada más llegar, pero me hacía el loco.

—Lea, este es Bartolomé. No te fíes ni un pelo de este tahúr. Lleva esperando mi muerte desde los dieciséis años para poder seducir a mi mujer.

—Nunca tuve ninguna posibilidad, amigo. Y no será porque no lo haya intentado —declara jocoso, y saca brillo con un pañuelo a la cabeza de galgo del bastón. Inocencio hace el gesto de intentar incorporarse otra vez para correrlo a tortas, pero lo detengo en el intento—. Ya es coincidencia que nos haya tocado cita a la vez para el pan, ¿eh?

—¿Cómo que cita? —pregunto.

—¿No conoces Ladrillo de Pan? Es la panadería más famosa del país. Antes no se podía reservar y se colapsaba todo de gente. Colas de horas. No exagero.

—No, no exagera —secunda Inocencio.

—Menos mal que el Albañil lo arregló y puso citas como en el médico. Ahora cada uno viene en su turno y si llegas tarde y te quedas sin pan…, se siente. Mira, ya nos toca, así que entramos juntos.

—¿El Albañil?

Se abren las puertas automáticas de la panadería y, antes de entrar, lo primero que asoma es un neón que dice: LÁGRIMAS CON PAN, PRONTO SE SECARÁN.

Ladrillo de Pan por dentro justifica su poder de convocatoria. Es una panadería a medio camino entre lo industrial y lo *vintage*, con suelos de hormigón pulido, un techo alto con cañerías a la vista y paredes con pintura desconchada sobre las que cuelgan cuadros de sonrisas minimalistas creadas a partir de barras de pan. Muebles añejos y mesitas sacadas de una cafetería parisina se enfrentan a estructuras de metal donde se enseña el producto final con orgullo (al igual que toda la maquinaria). Como sospechaba, los precios están en belmonteños, pero también han dejado su equivalencia en euros. Supongo que el Albañil quiere hacerse el *worldwide* y también acepta divisa extranjera/española. La plantilla está compuesta por cuatro trabajadores con mascarilla que se asemejan más a un equipo de investigación de un laboratorio que a panaderos. En la mascarilla lucen el logo del establecimiento, que es un ladrillo de neón del que brota una espiga sospechosamente similar a la de Caja Rural. No he terminado de analizar el sitio cuando una quinta integrante aparece sin mascarilla para recibirnos. La mujer se parece más a Xena, la princesa guerrera, que la propia Xena (pero sin ese tinte negro horrible).

—¡Inocencio, que ya no me quieres ni ver! —le abronca la Lucy Lawless panadera—. Menos mal que mi Estrella me avisó de que hoy venías y me ha dado tiempo a dejar todo como los «chorros de loro».

—Celine, no seas mala conmigo, que sabes que es porque tengo una patita que asoma ya por el otro barrio —contesta Inocencio.

—A mí no te me hagas el lastimero que tú nunca has sabido irte. Hola, Bartolomé, ¡qué asco das! ¡Qué guapo vas siempre! —saluda Celine al dandi con una palmada en la espalda que casi lo descuajeringa.

—Ay, Celine…, si sabes que a mí ni me gusta el pan, solo vengo para contemplarte un día más —la adula el dandi.

—¡Anda ya! Pero si eso se lo dices a todas. ¿Qué te crees, que no te he visto en la calle revoloteando alrededor de esta chica que viene con don Inocencio? —alega, y me señala—. Perdona, soy Celine, la dueña de este oasis.

—Soy Lea, encantada. Perdona la intromisión, pero ¿tú eres el…?

—¿El Albañil? Sí, así me llama todo el mundo por aquí. Te imaginabas a un hombre rudo y con la cabellera en recesión, ¿a que sí? —pregunta mientras me clava el codo en las costillas. Me quedo sin aire durante un segundo. No descarto que la llamen así porque puede partir ladrillos con sus propias manos… como Xena, la princesa guerrera.

—Me has pillado.

—Es que Celine tuvo que dejar los estudios para arrimar el hombro en casa, no conseguía trabajo de nada y terminó en la construcción —relata el dandi.

—¿Me vas a dejar contarlo a mí o no? —lo cuestiona Celine.

—Perdón.

—Nunca me había planteado dedicarme al ladrillo, pero la cosa por aquí no es que ande muy boyante que digamos. De niña ayudaba a mi padre a llevar la leche, pero murió y me rompí el espinazo por llevar el pan a casa, nunca mejor dicho.

—Sí, pero llegó el «sinfinamiento» y todo se paró. Entonces se quedó sin oficio ni beneficio —añade Bartolomé. Celine lo mira amenazante y el dandi se vuelve a callar.

—Siempre he sido una guindilla que no para quieta, ¿sabes? Así que cuando llegó la pandemia y no se podía ni salir, sentí que me comían las paredes.

—Tú no lo sabes, Lea, pero la pandemia se ensañó especialmente con nuestro pequeño país —explica Inocencio, y todos nos miramos aguantando la risa.

—Intenté matar el tiempo replicando recetas de cocina que veía en vídeos y descubrí que, de todo eso, hacer pan era lo único que me relajaba y se me daba realmente bien. Cuando todo volvió a la «antigua normalidad», había tanta gente peleándose por un puesto de trabajo que acepté miserias como sueldo. Eso hizo que a los que teníamos más antigüedad nos pusieran de patitas en la calle para no tener que pagarnos más. Una ruina, sí, pero nunca he temido reciclarme. Tenía una pequeña parte ahorrada, pero gracias a Estrella e Inocencio pude abrir esto. No sé de dónde sacaron tanto dinero, la verdad.

—Tenemos la teoría de que tiene los colchones podridos de dinero —mascula el dandi.

—Nada, no es nada —se defiende Inocencio y se hace de menos.

—Antes de abrir, la noticia había corrido como la pólvora: «¡El Albañil va a abrir una panadería!», decían todos. Es tan raro ver a una albañil que creo que así les entraba en la cabeza. Me faltaba poner el nombre. Y como todo el mundo de por aquí me llama el Albañil, pues pensé: «¿Por qué no llamar a la panadería Ladrillo de Pan?». El día de la inauguración la cola de gente llegaba hasta el puente de Sinesio Delgado. Yo lloraba, y todo gracias a Estrella e Inocencio.

Miro a Inocencio con admiración, pero él vuelve a mirar al vacío y espero el sonsonete, como en Islandia esperan a que el Geysir escupa.

—A todo el mundo le gusta recibir cartas…

—… pero ya nadie compra sellos —completo. El anciano me mira como si hablase por primera vez su mismo idioma. El gesto dura un suspiro. El anciano vuelve en sí.

—Tampoco fue para tanto. Nos trajo pan a casa hecho por ella y pensamos que eso lo tenía que probar todo el país —justifica Inocencio—. Además, salimos ganando, porque como el negocio va viento en popa, todos los meses nos devuelve una parte y…

—Nunca paga ni una barra de pan —completa Celine, y le da una hogaza en rebanadas envuelta en papel con el logo del ladrillo y la espiga.

—¿Hoy de qué es? —pregunta Inocencio, goloso—. Es que puedes pedir el pan que quieras o probar el especial de cada semana.

—Pues… como me he echado un novio arqueólogo y me está enseñando mucho, esta semana he recuperado tres panes de la antigua Roma a partir de los tratados de Plinio el Viejo. Lea, toma, que también hay para ti —dice, y me da otra bolsa—. Esto es pan de verdad, del que pueden comer hasta los intolerantes al gluten. Del que dura cinco días en la encimera.

—Gracias, Celine, pero esto es mucho para mí.

—Pues lo compartes con Olivín —sentencia Inocencio, y le da la mano a Celine con ternura—. Celine, espero verte la próxima semana.

—Como no vengas, voy yo a por ti —amenaza la panadera.

—Bueno, Lea…, un placer. Inocencio, yo me quedo aquí con Celine, que tengo que hablar con ella unas cosas y convencerla de que para qué estar con un arqueólogo cuando puede estar con un fósil en perfecto estado —se despide el dandi.

Salimos del Ladrillo de Pan, Inocencio se despide uno por uno de todos los de la fila que esperan su pan romano. Le falta la victoria de laurel. Ya empujo yo su cuadriga. No sabrá irse en mayúsculas, pero no cabe duda de que se esfuerza en despedirse. Por si acaso.

19

Cómo realizar una traqueotomía con un boli Bic

Improvisadas bailarinas
practican un rito pagano
para enterrar la gran sardina,
hecha de ladrillo y cemento,
¿quién se ocultará tras Don Carnal?

SOLLETICO, «El entierro de la sardina»

Ver una obra de teatro para niños es ir a ver dos obras. La que se representa en el escenario y la que se dibuja en la cara de tu pequeño acompañante. Y no guardan correlación alguna. Hay guiones sólidos y funcionales que desembocan en bostezo con niños correteando por los pasillos, y completos bodrios infumables que, si incluyen «caca, pedo, pis» en sus textos, estalla la carcajada y dejan a los niños extasiados y pegados al asiento con la cara del meme de Mads Mikkelsen: «Joder, esto es cine». Cuando eres la madre o el padre de la criatura, no te importa mucho el resultado de ninguna de las dos obras, es un pasatiempo más que aleja al niño de abrirse la cabeza en unos columpios oxidados. Son lentejas, pero cuando eres la «tita favorita», te bates el cobre en cada función.

Esta tarde me ha tocado hacerle la cobertura a Oliver y quedarme con su hijo un par de horas. Ha quedado para intentar arreglar las cosas con la chica que estaba conociendo o para terminar de decirse adiós. Oír un adiós también es oír dos despedidas. El adiós que te deja el que se aleja y el adiós que maquilla esa caterva de reproches que te dejas por decir. Y no, tampoco guardan correlación.

Todas las niñas hemos sido plañideras en el entierro de la sardina, pero hemos vertido más lágrimas cuando se explotaba un globo blanco en el día de la Paz.

La obra de teatro era de guiñol, pero el pequeño Oliver es de morrete fino y no ha conseguido ver más allá de una mujer que movía un títere de una gata ciega que conocía al gato de los vecinos. «No hablan los gatos, es la mujer de detrás y pone la misma voz», dijo sin ningún atisbo de magia en los ojos. Como si le molestara ser el único pequeño bendecido con el don de la clarividencia. Puto niño.

—Tita Lea, ¿sabes que Papá Noel no existe?

—Señorito, acabamos de empezar junio. Todavía no es ni verano: ¿ya estás pensando en Papá Noel?

—Pues sí, porque ahora voy a tener *bajaciones* y me ha dicho mamá que me tengo que portar bien, que Papá Noel me mira por un agujerito. Pero yo sé que no existe.

Quiero corregirle el *bajaciones*, pero quién no ha cogido en el trabajo la baja un viernes para irse todo el fin de semana a un lugar con huso horario diferente.

—¿Y por qué dices que no existe?

—Pues porque ya soy mayor. Y cuando uno se hace mayor, sabe cosas…

—¿Qué cosas?

—Cosas que se saben.

—Entonces, según tú, cuando llega Navidad y tienes regalos bajo el árbol, ¿quién ha sido si no es Papá Noel?

—¿En serio te lo tengo que decir? —increpa el niño, como si estuviese agotado de tener que salvar el mundo solo—. Pues ¡los Reyes Magos! —No crezcas Oliver.

—¿Estás seguro?

—Segurííísimo.

—Pues vaya sorpresa me acabas de dar. Bueno…, tiene lógica. Vamos a hacer un trato. Como ni tu papá ni tu mamá posiblemente lo sepan, cuando te hablen de Papá Noel, tú hazte el sorprendido, ¿de acuerdo?

El pequeño Olivín asiente y prosigue el camino con mi mano agarrada. Cada vez que agarra mi mano y tira de mí, siento que todo lo amable del mundo cabe en esa manita.

—¿Sabes lo que le voy a pedir a los Reyes? Un hermanito —aclara, y casi me atraganto.

—Pero ¿cómo vas a pedir eso?

—Sí, se lo pediré a los Reyes y mamá tendrá con Tony un hermanito.

—Pero es que a lo mejor mamá ya tiene bastante contigo, y aunque ahora esté muy feliz con Tony, no quiere tener otro hijo.

—Pues… ¡a papá!

—Pero ¡si tu padre no tiene ni novia, amor!

—Pues ¡que tenga un hermanito contigo! —exige el niño, y ya no es que me atragante, es que me tienen que realizar una traqueotomía con un boli Bic.

—Tu papá y yo somos amigos; entre amigos eso no se puede.

—Mamá decía que Tony era su amigo ¡y se casó con él! ¿Tú no te puedes casar con papá? A lo mejor, si te casas con papá, queréis tener hermanitos.

Lógica irrefutable. Quiero seguir alejando al niño de su cabeza la idea de jugar al delicioso con su padre cuando suena el teléfono. Salvada por la campana. Es Estrella.

—Estrella, ¿todo bien?

—Hija, a lo mejor te pillo en mal momento, pero ¿podrías venir? —pregunta la anciana con un tono de clara preocupación. Me pongo en alerta.

—¿Qué ha pasado? Inocencio… ¿está bien?

—El cangrejo, hija… Se está comportando como un bebé con rabieta y dice que vengas, que tiene que darte los sellos. Que vengas y que vengas. Está intratable. No me reconoce, y yo no sé. —Se la escucha asustada y agitada—. No te lo pediría si pudiese yo sola, pero es que no sé qué hacer. Llamaría al médico, pero es que parece que solo te quiere ver a ti.

—Lo primero, tranquila… Estoy con mi sobrino…, pero vamos para allá en quince minutos, ¿vale? Tú dile que voy en camino.

20

Confesiones de barreño y cortaúñas

Confieso haber perdido el juicio,
haber catado el vicio,
haber alzado el vuelo.
Confieso haber tocado fondo,
haber mordido el polvo,
haber… besado el suelo…

EL KANKA, «Confesión»

Contratos de licencia y concesión

Llegamos a casa de Estrella e Inocencio al cuarto de hora de reloj. El niño tiene el superpoder de darse una prisa inversamente proporcional a la que tengamos. Le he tenido que disfrazar el camino de una especie de prueba contrarreloj de Sonic y al final le he tenido que perseguir yo con la lengua fuera.

Estrella nos abre con una cara de apuro y desconsuelo que se difumina al ver al pequeño Oliver. A partir de ciertas edades se aprende que la infancia es un bálsamo que no podemos abrir por tener las manos muy grandes.

—Pero ¿quién eres tú? —pregunta Estrella en el umbral de la entrada, como si fuese un control de pasaportes rutinario.

—Oliver —susurra el niño, ahogado por la timidez.

—Vas a tener que hablar más alto, que a mi edad no oigo tan bien como tú.

—¡OLIVEEERRR! —vocifera, y aprieta los puños, como si eso le otorgara unos decibelios extra.

—Madre mía, Oliver, tus vecinos tienen que estar contentísimos. Pues yo soy Estrella y ¿a que no sabes qué animal tengo aquí?

—¿Cuál? —pregunta el pequeño Oliver muerto de la curiosidad, y se esconde tras mis piernas.

—Una cacatúa. Pero no hace nada. Te lo prometo. ¿Quieres que te enseñe cómo se le da de comer?

—Sííí.

—Pues toma —le dice, y deposita una cereza en sus manos—. Se llama Ricardito. Dile «Ricardito, ¿quiere cacao?», y ya verás como viene. Es muy cariñoso, pero lo tienes que acariciar con cuidado. Y tú pareces muy fuerte. ¿Sabes acariciar con cuidado?

—¡Sí! ¡Sí! —asegura dando saltitos.

—Veremos… Pues ve dentro, cielo —contesta Estrella, y el pequeño Olivín sale disparado como un perdigón.

—Si se queda sin Ricardito, no me culpe. Que el señorito es un bruto de mucho cuidao.

—Ricardito es un punki que ha sobrevivido a todos los niños del barrio. Está curtido, hija —explica Estrella, y mira de reojo cómo el niño ya juega con la cacatúa—. Gracias por venir…, te juro que no sabía qué hacer.

—No pasa nada. Si estaba relativamente cerca. Y por el niño, ni se preocupe. Es un superviviente que se hace a todos los sitios. Por el camino he avisado a su padre y le he dado la dirección para que venga a recogerlo en un rato. Así que no pasa nada.

—Pues el niño es un lucero… ¿El padre es tu pareja?

—No, no…, es mi amigo y es un calcetín suelto, aunque el niño no creo que lo tenga tan claro.

—Bueno, los niños saben quién los ama. Es un don natural. Luego lo rehogamos en lógicas aplastantes, en excusas baratas y en esa necesidad de llamarlo a todo por su nombre y perdemos ese don.

—No se fíe, Estrella, que los niños también ven fantasmas donde no los hay… E Inocencio ¿dónde está?

—Se ha quedado dormido. Del esfuerzo, supongo. No sé qué ha ocurrido. Le había preparado un barreño para cortarle las uñas de los pies y de pronto no me reconocía. Le ha entrado una perra de las gordas y se ha quedado agotado.

—Es normal, Estrella, que a veces ocurra eso.

—Tú no lo entiendes… Llevamos juntos desde los catorce años yo y desde los dieciocho Ino. Toda una vida. No nos hemos separado ni un solo día. Y es la primera vez que me mira como si fuese una extraña —narra, y saca un pañuelo de tela para presionar el lagrimal.

—Estrella…, a veces mi madre le decía a mi padre que por qué la hija de la vecina siempre tenía que venir a molestar refiriéndose a mí. Otras, me trataba como la mayor de todas las hermanas que nunca tuve… Y así.

Suenan voces en el pasillo. No se oye una voz más alta que otra. En el pasillo Ricardito sigue rebañando la cereza. Entramos en el salón y Oliver juega al veoveo con Inocencio.

—Inocencio, que te habías metido la siesta del gorrino.

—Espera, que le estoy ganando —dice Inocencio.

—¡Qué va, tita! ¡Si vamos uno a uno! ¡Hace fullería! —denuncia Oliver sin pasar ni una—. La última: Veo, veo…

—¿Qué ves?

El niño se concentra en mirar a la lámpara de manera exagerada para hacer creer que es la luminaria. Es un truco que le enseñé yo.

—Una cosita…

—¿Y qué cosita es?

—Empieza por la letra ce… o cu.

—Mmm, difícil… ¿Queso?

—No es queso, pero ¿tienes queso?

—Sí, en la cocina. El mejor queso del país.

—Tita Lea, ¿puedo comer queso?

—Solo si ganas —respondo, y el semblante del niño se vuelve frío acero competitivo, un iceberg que no deja prisioneros ni heridos.

—Si no es queso…, ¿cajones?

—Nop, ¿te rindes?

—Déjame una última oportunidad —exige el anciano, e incorpora su torso para acercarse a Oliver y buscar pistas en sus pupilas.

—¡Cacatúa!

—¡NO! ¡He ganado! —celebra el niño dando estocadas al aire a modo de baile como si fuera un DJ.

—Estrella, amor, ¿puedes darle un poco de queso al ganador?

Estrella se pierde con Oliver en la cocina, aliviada al saber que su marido la reconoce. Lo que yo no he conseguido en ninguna de mis visitas (ni comprando la casa), el niño lo ha conseguido con tan solo jugar al veoveo… Ver para creer. Los niños son llaves maestras educados con el no en la boca. Envejecer es un ejercicio de saber cerrar puertas.

—Inocencio, ¿cómo estás?

—Lea, ¿me puedes cortar tú las uñas de los pies? Que Estrella es una manitas para todo, pero cada vez que me corta las uñas de los pies me hace un destrozo y no quiero que mi Estrella se siga agachando por mí.

Asiento con la mirada más pura que puedo devolver. Cojo el barreño y lo lleno de agua caliente. Busco cortaúñas, una lima de esmeril y crema hidratante para pies. Vuelvo y se los meto en remojo. Cortar las uñas de los pies a un anciano es una comunión de queratina. Confianza sin quitamiedos. Entre los adultos y los niños se rige una relación diagonal por imposición. Entre los adultos y los ancianos se levanta esa diagonal por incapacidad. Inocencio me muestra su vulnerabilidad desnuda. No sé de podomancia. Quiero aprender. Las líneas de sus pies son un callejero, un mapa de carreteras sin tesoro, un enredo de autopistas, altitud y latitud, meridianos y paralelos encogidos en su planta. El anciano medita y paladea una frase como el mago que come algodón para después realizar el truco del tiraboca.

—Lea, me muero.

Le doy espacio al vómito. Hay cosas que necesitamos que salgan de la boca para saber qué carajo queríamos decir al decirlas. Él se encuentra cómodo en su certeza. En su cara veo más triunfo por saber aceptar la derrota que otra cosa.

—¿Ahora? ¿Con los pies mojados? No, hombre, no. Espera a que te los seque —contesto con sarcasmo. Inocencio suelta una risa por la nariz y le comienzo a cortar las uñas rectas—. ¿Cómo es que lo sabes? ¿Estás viendo tu vida pasar?

—Más bien siento que deja de pesar. Veo la muerte. En todo. En los muebles que ya no siento como casa, en el hambre que ya no nace de mis tripas, en las caricias de mi Estrella que ya no germinan. Veo la muerte en la cara de mi mujer como si de su rostro se llevaran mi recuerdo.

Como si cambiaran sus ojos por otros indiferentes para mí. Su boca por un pasado arrancado. Su nariz por un perfume sin idioma. Veo la muerte, Lea. Y ya no me disgusta tanto —declara, como el que declara a viva voz los términos de la rendición—. Te tengo que pedir un favor...

—Mientras que no me pidas que te dé el golpe de gracia, lo que quieras.

Otra vez mi sarcasmo haciendo las veces de escudo humano.

—Quiero una cita con Estrella.

Me lo como.

—¿Una cita? ¿A la antigua usanza?

—Sí, con velas y música romántica. Quiero bailar con ella. Quiero tener una última cita con mi esposa. Ahora que todavía la reconozco. Ahora que todavía me parezco a mi recuerdo. ¿Podrías ayudarme a organizarlo todo para mañana?

—Así que ¿para eso querías que te cortara las uñas? ¿Para acicalarte un poco? —le pregunto, y miro su reflejo en el barreño. Desde este lugar Inocencio parece más un habitante de ese salón lejano que de aquí—. Cuenta conmigo, mañana te voy a ayudar a preparar la cita que os merecéis.

Suena el timbre de la puerta. «¿Es papá? ¿Es papá?», grita Olivín a la carrera. Ricardito le tiene que esquivar para no ser atropellado. Estrella va detrás. Vuelven a aparecer, ahora con mi amigo. Me disculpo telepáticamente por el plan alternativo que he preparado para pasar la tarde con su hijo. Parece que disfruta con la postal que contempla.

—Tu hijo se ha portado muy bien —apunta Estrella.

—¿Muy bien solo? —pregunta Oliver, y mira a su hijo haciendo como que frunce el ceño.

—Muy bien, no, papá, ¡GENIAL!

—Ah, eso es otra cosa —finaliza Oliver.

—Mira, Oliver, este es Inocencio —lo presento. Oliver se acerca y le estrecha la mano.

—Inocencio. Me han hablado muy bien de ti.

—Tienes suerte de que pueda decir lo mismo —contesta Inocencio—. Espero que vengas con hambre porque hay cena para todos.

—No, hombre… Gracias, pero no queremos molestar. Encima, querrás descansar.

—En esta casa nunca se dice que no a una cena, así que ¡a sentarse se ha dicho! —exige Estrella, y retira una de las sillas para que se pueda sentar. Oliver busca cualquier excusa convincente, pero ve que su hijo ya se ha puesto cómodo y se vence sobre la silla por no ser maleducado.

Por una noche no vamos a ser los educados con el no en la boca.

21

Pasas que cosan

Te está quemando,
quieres preguntar,
¿vas a venir a verme a la ciudad?
Algo está cambiando,
es por inercia.

YAREA, KICKBOMBO & SEBASTIÁN CORTÉS,
«Inercia»

Vamos de camino a casa de los Olivers. El niño ha causado baja. Una mochila de calor humano que su padre se pone por delante. Se ha quedado dormido en su arrumaco. Amor es en lo último en lo que habrá pensado antes de caer roto. Yo llevo unas semanas en las que solo encuentro en el insomnio el amor. Ya iba un poco contenta cuando la tarde se estaba desinflando. Después de una botella de vino en la cena voy espléndida. No hace falta que me fije en Oliver para saber que él también va con una curda muy a tener en cuenta. Menos mal que la despensa infinita de Estrella ha amortiguado el golpe etílico.

—¿Vas bien? Si quieres, nos lo vamos turnando —le pregunto, y hago la señal de estirar los brazos para coger a su hijo.

—No sé en qué momento ha crecido tanto el cabrito. Hace dos días lo podía llevar a caballito durante horas. Entre este y todo lo que hemos cenado me va a dar una hernia.

—A lo mejor el que está un poco mayor eres tú. Que ya no aguantas ni bebiendo…, con lo que tú y yo éramos.

—Bueno, de adolescentes también nos comíamos una pizza familiar tú y otra yo sin pestañear y ahora llevo Almax en la cartera —justifica, y da con la mano libre toquecitos en el bolsillo del vaquero de donde sobresale la cartera.

—Pues no descarto pedirte uno cuando lleguemos.

Llegamos a su casa. Los últimos cincuenta metros lo he tenido que transportar yo. Han sido matadores. El señorito ni se ha enterado. Peso muerto. Oliver lo ha acostado en la cama vestido para que no se despertara. Cierra la puerta con silenciador. Entra en la cocina americana y saca otra botella de vino y sacacorchos. Me pregunta por señas si quiero otra copa y levanto el pulgar. Se tira en el sofá y estiramos las piernas sobre la mesa de centro mientras pegamos la nuca a la pared. Brindamos de oído.

—Oye, dale las gracias a Estrella e Inocencio. Son unos tipazos. El señorito se lo ha pasado en grande.

—Sí que lo son —respondo, y miro a otro lado para que Oliver no descifre mi melancolía.

—¿Qué pasa?

—Inocencio… Creo que va a ser inminente.

—Pero ¡si le he visto bien! A ver…, está muy mayor, el huevo duro le ha durado toda la cena y, más que beber agua, se mojaba los labios, pero se le veía feliz.

—Los perros, cuando van a morir, se esconden bajo la mesa o en un armario. No quieren molestar. Creo que los ancianos, cuando saben que les queda poco, necesitan arreglar todos los flecos.

—Vamos, como el instinto de nido. Tamara, cuando iba a nacer Oliver, pasó de no querer preparar nada por no gafarlo a petar y obligarme a comprar una cuna, la cómoda, pintar todo el cuarto de azul y decorarlo con pósters de películas de Pixar y banderolas en solo veinticuatro horas. A lo mejor a los ancianos les entra como un instinto de nicho.

—Puede ser…, Oliver. Me da tanta pena, ¿cómo es posible que se pueda coger tanto cariño a alguien que conoces de dos semanas? —pregunto mientras agoto la copa. Oliver está atento y me hace el *refill*.

—El vínculo no lo determina el tiempo, sino la vivencia. Yo, por ejemplo, echo más de menos a flechazos que he tenido en el metro y no he vuelto a ver que a muchas de mis ex. Te lo juro. Con las segundas me azota el recuerdo de lo vivido, pero con las primeras me mata la posibilidad de lo que pudo ser.

—No creo que ellas digan lo mismo de ti…

—La de hoy ya te digo yo que no…

—No me has dicho, ¿qué tal ha ido el encuentro con la jefa?

—¿Recuerdas cuando fuimos a Alcalá de Henares de tapeo, bordeábamos la facultad de Filosofía y…?

—¡LA CIGÜEÑA!

—Sí…, una cigüeña cagó metralla sobre mi cabeza. Pues comparado con mi encuentro de esta tarde, ese momento fue tántrico.

—¿Tan mal te ha ido?

—Peor. Y te juro que me he sincerado con ella. Le he comentado lo de mi hijo, que no me sé quitar la capa de padre, que mi gestión de la falsa culpa es nula, le he pedido paciencia. No perder el tiempo. Paciencia. Me he sacado el corazón y me lo he puesto en la mano para hablar con ella y ¿sabes lo que me ha dicho?

—Si me preguntas es que nada bueno.

—Que está muy feo eso de utilizar a un hijo como excusa. Que como amante soy pasable, que como hombre dejo que desear, pero pensaba que como padre tenía arreglo…

—Si te sirve, por algunos círculos se comenta que eres algo más que «pasable», pero sí, como hombre das pena.

—Gracias, amiga. No sé qué haría yo sin tus ánimos y tu consuelo envenenado —contesta, y alza la copa que acaba de rellenar. Hacemos un noveno brindis… o un décimo.

—Para eso estamos —finalizo antes de dar un trago. Oliver orienta su cuerpo hacia mí y apoya un codo en el respaldo. Estudia mis facciones. Si no fuera porque es Oliver, creería que es la primera vez que me ve como una mujer.

—¿Por qué no puede ser tan fácil como contigo?

—Porque soy tu amiga. Incondicional. Una amiga de verdad, de esas a las que no quieres introducir la colita. Y ahora creo que deberías dejar de beber, que te estás poniendo mimosón —completo, e intento quitarle la botella de las manos. Él se echa para atrás y estira el brazo fuera de mi alcance provocando que nuestros cuerpos se peguen. Noto su corazón acelerado a través de la camiseta. El mío se vuelve cómplice.

—¿Nunca te has preguntado cómo sería? —pregunta, y entrelaza su mano con la mía. Arden.

—Oliver, no, de verdad…, tú no… —respondo con dificultad. Abro la boca para poder respirar.

—Te lo voy a preguntar por última vez, y si pides que me calle, no lo volveré a hacer: ¿nunca te has preguntado cómo sería?

—¿Sabes lo que creo que ocurre? Que soy la única mujer, después de su madre, que has visto con tu hijo y no has cerrado los puños. Por eso no se te activan los *issues*.

—No te atreves a contestar. Eso lo puedo aceptar… —me provoca, y ahora el incendio de las manos me sube por el pecho y la garganta.

—¿Y qué quieres que te diga?¿Que claro que lo he imaginado? ¿Que cada vez que nos ve alguien y dice que hacemos una parejaza la imagen no se me pasa por la cabeza, aunque sea de refilón? ¿Que Joel no es tonto, y que eso, esto (yo qué sé), lo veía venir antes que nosotros? ¿Que claro que en otras condiciones a lo mejor podría ser? Pues sí. Sí y sí y sí. Pero ¡ni de coña! ¿Satisfecho? ¿Y qué suma?

Oliver se queda callado. Taciturno encendido. Se muerde el labio y no se da cuenta de esa osadía. No sé si quiero arrancárselo o subirme a esa góndola. Aprovecho el descuido. Le arrebato la botella y me la pimplo a morro. Suspira. ¿Qué estamos haciendo? ¿Tan poquito hace falta? ¿Somos tan de mecha corta? El poco vino que se escapa por mi comisura se evapora por el incendio.

—Desde que lo dejaste con él, ¿has estado con alguien?

—¿Tú qué crees? Todavía ni me he atrevido a quitar su ropa del tendedero.

—Pues te propongo algo…

—No, no, no, no… —digo levantándome—. Mira, yo te voy a dejar aquí. Tranquilito. Y yo me voy a casa, que estamos un poco pasados de rosca y estas dos últimas copas nos han sentado regular.

—Sí, serán las últimas dos copas —contesta, y le chisto.

—Si me pita un oído, lo encajaré con elegancia. Mañana te llamo y tan amigos —desarrollo, y él me agarra con suavidad de la muñeca. «Cuidado, suelo mojado».

—Un beso. Después (si no sentimos nada) no volveremos a pensar en la posibilidad —propone, y evito el contacto visual. Me voy a arrepentir toda la vida de lo que voy a decir.

—Y… ¿si nos gusta? —pregunto, y me vuelvo a sentar frente a él.

—Pues nos daremos un segundo beso… por eso de tener una segunda opinión.

—Y… ¿si nos gusta? —repito, y me acerco a sus labios.

—Pues habrá que pe…

No termina la frase. Su pulgar tira de mi mentón hasta abrir mi boca. Lo justo para que pueda introducir su idioma. Asciende a mi paladar y mordisquea mi labio superior. Lo recoge con su lengua cazamariposas como si se me fuese a derretir. Se separa una milésima para lanzarme una sonrisa tirana. Vuelve a acometer. Me besa la comisura para volverse a deslizar en mi interior. Con la otra mano se pierde entre mi cabello y presiona los dedos con la fuerza justa para indicarme que, si yo quisiera, ya me estaría jalando del pelo. Me besa por tercera vez y se me escapa una especie de ronroneo. En nuestras bocas, dos adolescentes por Malasaña golpean puertas borrachos hasta que una ceda y pueda albergar toda su pulsión sexual. Intento no pensar en el número de mujeres que habrá besado con estas ganas. Tampoco en los labios nuevos que besará Joel en su eterna búsqueda. Merezco una porción de cielo. Merezco un infierno optativo. Chupo la punta de su lengua como si fuese el obsequio de una visita con la envoltura sin retirar. Y solo entonces me retiro. Intentamos recobrar el aliento.

—¿Y bien? —pregunta Oliver.

—Mejor me voy a casa.

—¿Nada?

—Nada —miento.

—¿En absoluto?

—Pasable, pero no suficiente —vuelvo a mentir guiñándole un ojo, y cojo el teléfono antes de irme hacia la puerta.

—Bueno —dice acompañándome a la entrada—. Siempre podremos presumir del otro como «la relación más corta de nuestra historia». —Reímos—. Como amigo deberías estar orgullosa de mí, he conseguido rehacer mi vida.

Re-reímos y nos abrazamos. Un abrazo Gargantúa donde el tiempo se estrecha y ensancha a su antojo. Me dicen que han pasado diez segundos y me lo creo. Me dicen que ya va a salir el sol y también me lo creo. Nos abrazamos como premio de antigüedad y consolación. Nos decimos todo en abrazos y me sabe a poco ahora que he probado su idioma. Separa su pelvis para que no intuya su erección y no diré que se lo agradezco. Oliver me abre la puerta como el galán que es y salgo. En el umbral nos deseamos buenas noches y cierra. Un sonido que, al cerrar, parece decir: «Quien quita ocasión quita peligro» con derrotismo moderado.

Ni un minuto pasa cuando esa puerta es golpeada por unos nudillos. Al abrirse, lo último que se escucha de mi boca vestida antes de abalanzarme sobre él es un «a la mierda».

22

Más que demasiado

No esperaba brisa fresca,
que el ardor ya me cansaba,
dejad la ventana abierta
de par en par.

MERINO & IVÁN FERREIRO,
«Demasiado grande»

La culpa es una casa construida sobre antiguos ríos. Si te precipitas, arrasa con todo. Y al final siempre te salpica. Podría tirar del viejo argumentario. Decir «que me quiten lo bailao» mientras me lanzo al acueducto de Segovia sobre mi tejado, pero tengo demasiada resaca para buscarle lógica. Quiero sentir vergüenza, pero tengo demasiada resaca y agujetas para sentir varias cosas al mismo tiempo. Y no, vergüenza no es culpa. Tiene que ver, pero no es lo mismo. Como tampoco es lo mismo culpa que arrepentimiento. Son trillizos que odian que les saquen parecido. La culpa entra por el oído, la vergüenza por el ojo y el arrepentimiento por la lengua. La culpa me grita que cómo coño me acosté con mi mejor amigo. Que esto nos va a pasar factura. Que vamos a tirar por la borda años de amistad por un calentón febril. La vergüenza me dice que no sé con qué cara voy a volver a mirar a Oliver tras haberle…; bueno, tras todo lo que hicimos. Y a su hijo ¿cómo lo miro yo ahora? ¡Su hijo! El pequeño Olivín nos ha despertado esta mañana entrando sin avisar. «He dormido bien… Papá, ¿tita Lea ya vive con nosotros?». El niño algo ha intuido. Se lo he notado en la mirada, pero tengo demasiada culpa, resaca y agujetas como para sentir vergüenza. Y para arrepentirme ya ni te cuento. Porque si hablamos del arrepentimiento y su jurisdicción…, lo siento, no me arrepiento de nada de lo que ocurrió anoche. Lo volvería a repetir.

OliOláCadaDíaTequieromás

Hoy

Compi, ¿es demasiado pronto para hablar
de lo increíble que ha sido? 10.17

Lo es. Más que demasiado 10.20

Hablas de lo pronto o de lo increíble? 10.22

Hablo de que eres un liante.
Y, por favor, cambia las
sábanas. Que el niño nada
más vernos se quería tumbar
con nosotros y si llega
a destaparnos, nos pilla
desnudos 10.22

Tranquila, que no lo vas a traumatizar 10.23
¿En serio no voy a poder hablarlo contigo?
Siempre que he conocido a alguien me pedías
detalles, con pelos y señales. Ahora no quieres
saberlo como amiga? 10.25

Ahora, por lo que sea, no
me interesa, y no me hables
de señales, que cuando
llegue a casa tengo que
comprobar que no me
hayas dejado ninguna
marca 10.30
Pero… más que demasiado 10.30

El conserje del bloque me abre la puerta antes de que amague siquiera con meter la llave. Me saluda como diciendo «la que habéis liado, pollito, pero estoy con vosotros». No sé si por la pancarta o por el *Kamasutra* de esta noche. Los conserjes son una moneda al aire. O son la alegría del edificio o les falta un hervor. Este es de los primeros. Ferviente coleccionista de pins de los Hard Rock Café de todos los lugares del mundo. Una vez nos paramos el pequeño Olivín y yo veinte minutos de reloj para que le enseñara fotos de todos los pins que tiene. Una habitación de su casa con más de tres mil pins. Cuando acabó, el niño le preguntó si tenía alguno de Sonic y, al contestarle que no, pareció no impresionarle. Una colección de pins sin uno del erizo azul ni es colección ni es na.

Al pasar por su lado, abre la ventana de la garita y me da un paquete que me guardaba.

—¿Vienes a la reunión, ¿no?

—¿Qué reunión? —le pregunto.

—¿No te ha dicho Amparo? Si lo ha puesto en el tablón y todo. Que en media hora tenéis una reunión de ve-

207

cinos para perfilar los detalles de la manifestación del sábado...

—Una manifestación ¡¿pasado mañana?! —le pregunto ojiplática. El conserje, acostumbrado a las decisiones unilaterales de la presidenta vocacional (Amparo), parece no sorprenderse para nada de que yo no estuviese al tanto. Hay dos tipos de personas. Ni eneatipos ni leches: los que inician congas en una boda y los que no se casan por el estrés de tomar decisiones. Y ya me veo con las manos sobre los hombros de Amparo cantando «Danza Kuduro» frente a una carga policial.

OliOláCadaDíaTequieromás

Hoy

Para mí también lo ha sido. No sabía que iba
a fluir todo así de bien... 10.35
Me voy a meter en la ducha y reconoceré que
me jode dejar de oler a ti 10.33

Chis! Que yo acabo de llegar
a casa y tengo que ducharme
deprisa y corriendo. Que por
lo visto mañana me manifiesto
con todo mi bloque en contra
de los fondos buitre 10.47

Te vas a duchar ahora? 10.48

De todo lo que te he dicho,
con lo único que te has
quedado ¡¿es que me voy a
duchar?! 10.49

No, pero si mañana te llevan presa,
es una de las últimas oportunidades
para verte recién duchada 10.50

Le envío una foto en la que me tapo la nariz con el dedo corazón. Él me envía otra, vestido únicamente con una toalla. Le contesto con un *sticker* de un dedo dentro de una vagina con el título «Día húmedo hoy» y me meto en la ducha.

La ducha me pide un respiro. Sigo sin saber cómo se llama el escalofrío cuando se entra en calor. Mi pelo es leonino, el espejo se parece más a Soria y su niebla. En lo que tarda en desempañarse aparece Oliver. Parece que seguimos siendo los dos de anoche. Una vez leí que el truco para que no se empañasen los cristales era frotarlos con espuma de afeitar sin enjuagar. Y aquí estoy, admirando su barba de espejismo. Sus labios de vaho. Si me fijo con detenimiento puedo observar su antebrazo sobre mi pecho, su mano sobre mi seno izquierdo. Aureola de carbón dulce. Sus otros cinco dedos sobre mi cadera, dedos que, antes de volverse manco por la falta de condensación, auspician mi ingle. Se rompe la magia. Solo quedo yo. Yo y una reunión de vecinos a la que llego tarde. Luego terminaré el trabajo por los dos.

Bajo al rellano del portal y hay como unas treinta

personas. Caras que me suenan de las zonas comunes, otras que no habré visto en mi vida. La gran mayoría, personas de «cuarenta y todos» para arriba y me quedo corta. Me sorprende que el edificio sea una granja de hormigas condenadas al exilio por un niñato que quiere trocear nuestras vidas establecidas en habitáculos de cuarenta y cinco metros cuadrados. Amparo (como no podría ser de otra manera) se encuentra entre todos los vecinos repartiendo lo que parecen chapas. Luce una camiseta blanca con logotipo rojo que grita en mayúsculas STOP DESAHUCIOS. Leyenda que se repite en una pancarta atada a las patas de una mesa de camping que hay tras ella con piscolabis, bebidas y servilletas. Nada más verme se da por satisfecha y carraspea esperando a que todos se callen para poder hablar.

—Como todos sabéis, soy Amparo, y no quería empezar esta reunión previa a la manifestación del sábado sin antes agradecer vuestra asistencia. Estoy muy emocionada. Todos los que estamos aquí somos inquilinos de bien, gente que cumple con sus obligaciones, que hace un uso cívico de sus hogares y que nunca da ni un problema. Los padres, madres, abuelos e hijos que vivimos aquí vamos a ser desahuciados cuando termine el mes para rehabilitar todo el edificio y dedicarlo a pisos turísticos. Vamos a ser desalojados para que un niño rentista que ya es rico lo pueda ser un poco más… ¿Acaso se pensaba ese niñato que no nos íbamos a defender? ¿Que se iba a salir con la suya? —«Ni hablar», braman varios al unísono—. Pues lo iba a hacer. Y no íbamos a hacer nada —continúa Amparo con autocrítica, y todos se miran entre sí con vergüenza, sin saber dónde colocar las culpas—. Ha tenido que ser una chica sin hijos… —No estará hablando de mí…— a la que la acaba de dejar su novio…

—¿¡Oye!? —me quejo. Todos se giran hacia mí.

—Hija, que las paredes son de papel y me he tenido que comer vuestra ruptura con pelos y señales —alega, y la dejo seguir—. A lo que iba. Ha tenido que ser ella la que dé un golpe sobre la mesa La que nos ha recordado que debemos luchar por lo nuestro y no acatar como ovejas al matadero.

Todos asienten arengados y me miran con orgullo como si fuese una mesías. La advenida. La que liberará al pueblo del cruel destino del desahucio. Amparo será una cotilla de cuidado, pero como instigadora merece todos los honores.

—Quiero agradecer especialmente a Lea y a sus influyentes amigos toda la ayuda y herramientas que nos están brindando para hacer frente a esto: visibilizar ante los medios este atropello y prepararnos para la manifestación del sábado…

¿Ayuda? Pero si yo solo he puesto una pancarta en la terraza. Por Dios, la que se está liando… ¿Medios? ¿Qué medios? ¿Amigos? ¿Qué influyentes amigos? ¿Oliver? Imposible. No…, no lo creo…: «Déjalo en nuestras manos, hija, nosotros nos encargamos».

—Es por eso por lo que os quiero presentar al líder de la plataforma vecinal Bloques en lucha, Pascual Tulían —presenta, y señala la entrada del portal. En ese momento se abre y aparece el anciano de la bombona de oxígeno ayudado por su nieto, el *survivor zombie*. Anda con exigencia hasta colocarse frente a todos. Una vez colocado, coge aire de la cánula. El sonido de la respiración dificultosa llena toda la sala como si fuese las trompetas del Valhalla ante una comunidad de vecinos que espera con expectación.

—Buenos días. Como ya me ha presentado vuestra presidenta, soy Pascual Tulían. Que no os engañen ni mi edad ni mi afección porque sería un error. Llevo luchando contra los buitres desde hace más de cincuenta años, cuando el buitre mayor era el alcalde y nos quería echar de los hogares que construyeron nuestros padres y madres (con sus propias manos) por una miseria para enriquecerse él y sus cuatro amigotes. La eterna lucha de David contra Goliat. Pero conseguimos pararle los pies. ¿Cómo? Teniendo el relato por el mango. Siempre hay un relato. El opresor lo quiere sepultar con mentiras. El oprimido puede luchar para que salga a la luz. Si la verdad copa todos los canales, el buitre cae. Y ¿cómo metes a los buitres en la cazuela? Puedes dispararles uno a uno a ver si le das a alguno, o puedes señalar qué aspecto tienen, cómo y en qué zonas suelen volar, de qué se alimentan, dónde duermen y cómo protegerse de ellos. Entonces cada hombre y cada mujer de la ciudad saldrá de su casa cada mañana queriendo desplumar.

»Tenéis que recoger información sobre el casero. Él lo sabe todo de vosotros, pero vosotros de él poco o nada —detalla con una juventud renovada. No descarto que se arranque la cánula de un momento a otro—. Por lo de los medios, no os preocupéis. El sábado por la mañana habrá en la entrada de la urbanización una rueda de prensa. Y no os creáis que he convocado al periódico del barrio o a un par de mindundis… No. A los periódicos de mayor tirada: *El País*, *El Mundo*, *La Vanguardia*…: todos los medios de comunicación. Francino dedicará un especial el viernes en *La Ventana* a la manifestación. Todas las cadenas de televisión abrirán los informativos con ella. Después de la rueda de prensa habrá una reunión con el concejal del distrito para evidenciar esta tropelía y ya, sí que sí, saldremos todos acompañados por decenas de periodistas que nos acompañarán durante la marcha por toda la Ciudad Universitaria hasta llegar al Ministerio de Vivienda. Aunque ahora creo que lo llaman Ministerio de Transportes, Movilidad y Agenda Urbana.

Los vecinos se miran unos a otros estupefactos. Un bigardo, más atrevido, se atreve a rebatirle.

—Le agradecemos la ayuda, pero… si solo somos nosotros y nuestras familias.

—Me he adelantado y he triangulado vuestra causa con organizaciones hermanas y he buscado el apoyo de los colectivos del barrio, asambleas y asociaciones de vecinos en una situación similar. No vais a estar solos, no os hacéis una idea. Pero el sábado no vamos a ser muchos. Vamos a ser más que demasiados.

23

Amores de verano a los noventa años (1.ª parte)

When they begin the beguine,
quiero sentir las cosas de siempre,
quiero saber si tú aún me quieres,
quiero volver a empezar...

JULIO IGLESIAS, «Begin the Beguine»

Nunca he preparado a otra persona para una cita que no vaya a ser conmigo. Bueno, he hecho de camarera infantil con una servilleta de tela sobre el brazo para llevar el desayuno a la cama de mis padres. Tengo mis pinitos como celestina asintomática cuando ayudaba a mi amigo a ligar, hasta le he puesto rieles para que no se perdiese por el camino. Por no hablar de lo buena que soy como traductora de indirectas para terceros.

Esto es diferente. El amor de pareja cuando uno de los dos está en su lecho de muerte no se diferencia mucho de una relación a distancia. Cada día extra se convierte en un milagro. En un puente con lunes festivo. En un veranillo de San Miguel donde revalidar las promesas que se dijeron al despedir agosto. «Nos seguiremos viendo», «Esto no se perderá», «Que todo el mundo se separe no quiere decir que nosotros lo vayamos a hacer». También hay relaciones a distancia entre dos compañeros de pupitre que se pasan una nota bajo la mesa. E Inocencio muestra el nerviosismo propio de un niño que se mentaliza para dar la mano en el recreo por primera vez. Del adolescente que coge un autobús en Méndez Álvaro para dar una sorpresa a una novia a cientos de kilómetros. De un anciano que consigue dar esquinazo al abismo unos minutos más.

—¿Así está bien? Con tijera es lo máximo a lo que puedo llegar y me has dicho que no quieres maquinilla. —Le enseño en el espejo cómo le he dejado el corte de pelo por detrás. Él consiente tembloroso. Tampoco es que tenga una melena frondosa. Le doy con el secador con la potencia al mínimo para no llevármelo por delante y le retiro el mantel sujeto con una pinza de la ropa.

Nada más entrar en su casa, Inocencio le dijo a Estrella que quería que yo lo llevase a la peluquería. Estrella se puso hecha una Freyja (más por miedo a que se le quedara su Ino por el camino que por otra cosa) y dijo que ni hablar. «Si tanto quieres cortarte el pelo, te lo corto yo». «Tú no, que te tiemblan las manos y siempre me cortas media oreja por lo nerviosa que eres», pareció decir, y me señaló a mí como queriendo indicar que se lo cortase yo. Pregunté a Estrella si ya había dado sus diez mil pasos y ante su negativa le propuse que diera un paseo aprovechando que yo ya estaba aquí. Con esa coartada tenemos hora y media, casi dos al menos, para preparar toda la cita.

El anciano ha empeorado mucho desde ayer. Parece que ya no se sacude la muerte de los hombros. Está sumido en una ataraxia selectiva. Desapasionado para todo excepto para su Estrella. Habla poco y vocaliza lo justo, pero entiende todo lo que le digo.

—¿Flores?

—Ya me he encargado de eso, Inocencio. He intuido que no querías que las pidiese a ninguna empresa explotadora de mensajería, así que he mirado una que es ética, El Picaflor Verde. Lo que pasa es que tardaba una hora y media como mínimo y ya nos pillábamos los dedos. Así que le he pedido a mi amigo Oliver que me traiga un ramo. Así tenemos tiempo para ponerte guapo —le explico, y su risa retumba dentro de su boca cerrada.

—Tú y Oliver...

Sé por dónde va... y hay verdades que tampoco me sé sacudir de los hombros.

—Pues mira, no sé. Me lo llegas a preguntar ayer y te habría dicho que cómo se te ocurre esa desfachatez, pero justo después de la cena con vosotros fuimos a su casa y... pasó. No sé si pasó lo que tenía que pasar hace mucho tiempo y me negaba, o pasó como pasa el tiempo: para no tener que matarlo. Pero pasó. Y ahora no sé qué va a pasar —confieso, más por sacarlo fuera de mí como quien sopla matasuegras que por contestar a su pregunta—. Tampoco he tenido tiempo para pensarlo, entre la reunión de vecinos que, ¡por cierto!... Lo del tal Pascual ¿fue obra tuya o de Estrella?

Inocencio se señala risueño con el pulgar y se lo agradezco.

—Pues eso, que es un guirigay de aquí te espero.

Empiezo a peinar al anciano con cuidado y él se dedica a elaborar una respuesta acorde a toda la chapa que le acabo de dar. Él lleva desde joven con su mujer. Solo ha tenido esa pareja en su vida. Querer hablarle de mis sentimientos le tiene que parecer un juego de palabras polisémicas.

—Él no es —contesta tajante, como si fuese el maestro Yoda.

—¿Dices que no tengo futuro con él?

—Ahora.

—Inocencio, explícate más, que estarás enfermo, pero yo estoy hecha un lío.

El anciano vuelve a disparar una carcajada dentro de la boca cerrada como un salvapantallas de DVD.

—Digo que no es, no ahora. Que mañana Dios dirá. El único motivo por el cual no huyes de Oliver es porque no te persigue.

—Inocencio, ¡y dale con las persecuciones! Yo nunca he huido. La última pareja que tuve me dejó por no querer ser madre.

—Pero Oliver es padre ya. Y con niño crecidito. Piensas que no te va a venir el día de mañana con monsergas.

—¿Que no me va a pedir que tengamos hijos?

—Eso es. Él te conoce. Y te cuida. Amar es cuidar. Los jóvenes lo confundís con el ñiquiñiqui, pero cuando uno llega a mi edad lo sabe. Tú primero te tienes que aprender a cuidar.

Suena el timbre. No sé qué pasa con esta casa de los espíritus que es nombrar a alguien y que aparezca. Miro por la mirilla y es Oliver. Bueno, lo que parece ser Oliver tras un ramo gigante de girasoles. Se abre la puerta y nos saludamos con una efusividad errática. Lo voy a abrazar y él me intenta besar. En la última milésima le giro la cara y los labios impactan en la comisura. Él se extraña. Yo me siento culpable, así que le voy a dar un pico y él me muestra la palma de la mano libre para que choque y (de los nervios) le doy con el puño.

Lleva un ramo de flores, una bolsa de tela con vinilos

y una cesta de pícnic. Inocencio llega hasta nosotros impresionado por el despliegue de Oliver.

—Pero ¿qué es todo esto, loquito? Que vamos fatal de tiempo —le recrimino a mi amigo, que está más preocupado por saludar a Inocencio y dejar las cosas sobre la mesa.

—¡Las cosas o se hacen bien o no se hacen! He traído unos girasoles para la señora —explica mientras los mete en un jarrón con agua. Al finalizar se acerca a la cesta de mimbre—. En la cesta traigo un mantel, velas como para que aterrice un avión, vino… de la marca de ayer, Inocencio, que os tuvimos que dejar secos, y algo de picoteo. Y como ayer me fijé en que teníais tocadiscos… también he traído un vinilo especial de la casa por si tienes que decir algo especial en el clímax de la noche: «Begin the Beguine» de Julio Iglesias. Año 1981. Es de mi hijo, así que trátalo bien, que si no, me mata.

—¿Julio Iglesias? —le pregunto sin dar crédito. Inocencio parece encantado—. Tú, para una cita romántica, ¿pondrías a Julio Iglesias? ¡No quiero saberlo!

—No es que sea por Julio Iglesias. Es la canción y el momento. Es lo más espectacular que he oído en mi vida, ¿estáis listos?

—Oliver, que va a venir Estrella y aún no lo he ni vestido. Nos va a pillar. Vete ya —respondo con nerviosismo, y miro la puerta.

—Deja que cuente el chico y me ayudáis los dos —contradice el anciano.

—Pero…

—Año 1981. Julio Iglesias en el cenit absoluto. Una especie de actuación en directo incluida dentro de una gala en Estados Unidos: Michael Caine, Frank Sinatra, Nancy Reagan... Vamos, la flor y nata. Vídeo con grano muy grueso. Una maravilla. Una banda gigante detrás donde, si no llevabas gafas de pasta, parecía que no podías tocar. Un peso de cristal que casi no podían soportar. Todos tocando increíble... Y de repente sale el amado Julio a cantar «Begin the Beguine». Si alguien duda de sus dotes de cante, le recomiendo esta actuación. Él sale a cantar con un micrófono alejadísimo de su voz y es la prueba viviente de que se puede triunfar con el género femenino con un alcance ilimitado sin levantar ni una pesa. Él, con su esmoquin acojonante, su tez morena como el cuero, ese pelo de obra en el que no se mueve ni un folículo, nada más. Él sale con sus cojonazos con Sinatra viéndolo. Y sabe dónde está cada cámara, sabe perfectamente a dónde mirar. Cantándole «*in the beginnn*» a la mujer de Sinatra, los «ueeeaaa» a un nivel desorbitado, con una reverberación equiparable a cinco Rotterdams... Imaginaos. Total, termina y la gente se levanta loca, Frank Sinatra levantándose y diciéndole a Julio Iglesias: «Julio, *I love you*». ¡*I* puto *love you*! Y ¿Julio? Pues Julio le da como una palmada. Como si fuese el pan de cada día, como si Sinatra fuese un niño que le pide una foto a Messi a las puertas de la concentración en un hotel. Inocencio, si tienes que decir lo que sientes, tiene que ser con este vinilo como banda sonora. Hazme caso.

El anciano se da palmadas sobre la muñeca extasiado por la explicación de aquí mi amigo y vuelve su mirada sobre el vinilo como si se hubiese revalorizado. Acciona el mando y se dirige hasta el acetato para sacarlo de su funda y poder leer los créditos. El tiempo apremia y aún me queda vestir a Inocencio, por no hablar de que aún me queda decorar el salón, pero aprovecho su melomanía para sacar a Oliver al patio y poder hablar por lo bajini lejos del oído fino del anciano.

—Parece que le ha impresionado. Esta noche creo que va a triunfar —presume.

—Oliver, te lo agradezco, pero te tienes que ir ya —musito.

—No hasta que me digas qué te pasa.

—¿Crees que es momento para pataletas? ¿Qué me va a pasar? Este hombre quiere una cita con su mujer. Posiblemente la última de su vida; permíteme que quiera que salga perfecto todo.

—Contestar a una pregunta con otra… Mal asunto. No me has contestado en todo el día y conmigo nunca jamás has hecho eso. Hay veces que antes de que yo cogiera el móvil para escribirte ya estabas contestando. Si fueses una dejada de la vida no diría ni pío, pero sé lo que estás haciendo —me recrimina.

—Y según tú, ¿qué te estoy haciendo?

—¡*Ghosting*!

—¿*Ghosting*?

—Sí, un *ghosting* de libro. De los que marcan época, de los que otras personas utilizan como ejemplo cuando les hacen *ghosting* para explicar lo que es un *ghosting*. Para definir lo que es desaparecer y dejar de tener responsabilidad efectiva sin advertencia alguna —recalca firme, y contemporizo mi respuesta hasta que veo que se desinfla su orgullo.

—¿Tú eres tonto? Es más fácil pensar que te ignoro porque no me responsabilizo emocionalmente a que, por ejemplo, haya tenido una reunión de vecinos, reunión donde (por cierto) me he enterado de que pasado mañana abandero una manifestación contra los desalojos ante todas las televisiones del planeta, y que después, como la cabeza me iba a explotar (entre la resaca y el pequeño detalle de que no he pegado ojo en toda la noche por follar contigo), haya pensado que una pequeña siesta me sentaría bien antes de preparar toda esta cita y arrancarme la cabeza, ¿no?

La cara de Oliver es el *Guernica*.

—Lea…, dicho así…

—¿Sabes lo que ocurre, amigo? Que cómo no cierras los puños cuando estoy con tu hijo y la noche de ayer fue mágica quieres importar sobre mi persona todas las relaciones frustradas que has tenido. Con carácter retroactivo. Quieres controlarlo todo, saber en todo momento que todo está bien para que no se te escape esta vez. Y eso no es cuidar.

—Pero…

—Déjame acabar porque ni yo sabía que tenía todo esto dentro y no me quiero perder… ¿Sabes a lo que sí que me ha dado tiempo hoy? A aprender que el amor es cuidar. Y mi amigo Oliver me cuida, pero tú de esta manera nos vas a descuidar. Y yo a ti tres cuartos de lo mismo, por complacerte o por forzar todo por miedo a perderte…, yo qué sé. En serio, no te lo digo a malas, y si me sincero de esta manera es porque si hacemos las cosas bien podemos tener futuro. Y digo futuro porque el presente nos pilla a desmano. Primero sanemos las heridas de cada uno. Ve a terapia y pide que te ayuden a quitarte la capa de padre. Yo haré lo mismo para afrontar mi miedo a no ser suficiente y al abandono. Apoyémonos como amigos. Cuidémonos y mañana, ¿quién sabe? ¿Seremos capaces de hacerlo?

Oliver se rasca la nuca. Él tampoco sabe sacudirse según qué tipo de pasados. Resopla y me mira como el amigo que siempre ha sido. Se acerca a Inocencio y se despide. Le recuerda que cuide el vinilo de su hijo como oro en paño. El anciano le estrecha la mano. Se vuelve hacia mí y me tiende la palma de la mano, yo la choco con el puño. Y nos fundimos en un abrazo. Antes de separarse para marcharse, me susurra al oído:

—Ya te lo dije, compi, la relación más corta de nuestra historia.

24

Amores de verano a los noventa años (2.ª parte)

Aunque amores yo tenga en la vida
que me llenen de felicidad
como el tuyo jamás, madre mía,
como el tuyo no habré de encontrar.

Antonio Machín, «Madrecita»

Suena el tintineo de las llaves y el posterior intento fallido de abrir la puerta. He dejado la llave metida por dentro adrede. El timbre tartamudea y es la señal para que me acerque al tocadiscos y ponga «Madrecita», de Antonio Machín. Abro las ventanas. Con el primer fraseo de trompeta tranquilizo a Estrella al otro lado de la puerta al grito de «ya va, ya va».

Ella conoce hasta tal punto su casa que aunque se quedase ciega podría enhebrar la aguja más pequeña del doble fondo de su costurero. Eso no quita que haya roto a llorar nada más descubrir el camino de vasos con velas que la llevan de la entrada al patio. Me pide explicaciones. Yo me limito a alzar las manos con los codos pegados a las costillas y me desentiendo. La anciana se mueve como una exbailarina principal de ópera que amaga cada paso antes de aterrizarlo. Una gata torpe en la nieve que camina sobre sus propias huellas para no enfriarse los pies. Avanza custodiada por un tramo de guirnaldas de luz hacia la fuente (ahora acordonada por ramas led). Tras esta, una mesa tapada con un mantel de color marfil sirve de atril para una presidencia de girasoles. Todo un comité de bienvenida para la otra parte de la cita: Inocencio.

El anciano, de blanco impoluto. Pajarita carmesí hiperbólica. Tirantes a juego. Aires de marqués. He terminado de decorarlo todo hace dos minutos y sé que se le ha tenido que hacer un siglo. Estrella se señala la ropa con una comparación odiosa. Él la convence de que está perfecta. La mujer acepta a regañadientes y aprueba el flagrante corte de pelo de su marido inclinándose hasta frotar su nariz con la de él. El hombre, de los nervios, parece más preocupado por recolocar la pajarita por miedo a que se haya quedado torcida. Le retiro la silla a Estrella para que se siente y voy a la cocina para ver si el vino ya se ha enfriado en el congelador con el truco de envolverlo en papel de cocina húmedo. He tenido suerte. Vuelvo a la escena, sirvo las dos copas y les doy distancia.

De pequeña jugaba a bajar el volumen de las películas y series románticas y hacer mis propios diálogos. Cambiar la trama, los conflictos y el desenlace. Rachel no se despedía de Ross en el aeropuerto tras su declaración, ni dejaba un mensaje en el contestador cuando el anodino del hermano de Monica lo escuchaba, teniendo a la rubia agazapada al otro lado de la puerta. No. En mi versión customizada, Rachel le encargaba a Ross que recogiera su pasaporte porque se le había olvidado y, ante la impavidez del hermanito, tenía que volver ella a casa a buscarlo bajo la amenaza de «a que voy yo y lo encuentro». Siempre he sido ducha en llevar lo idealizado a tierra, lo inalcanzable a una cotidianidad desvaída. En desimantar lo magnético.

Miro a Estrella y a Inocencio y son dos imanes que no voy a jugar a separar hasta que pierdan su efecto. No voy a subtitular ni a poner ni una coma a lo que se digan. Ellos ya se lo dicen todo: su brindis honesto, todas esas promesas que se dicen en presente cuando no hay porvenir.

En general, la senectud se entiende como una belleza incómoda. Un objeto anacrónico. Lo que ya no debería estar ahí. Algo que mandar lejos para ocupar su espacio. Un lugar donde nadie se quiere reconocer. La generación que hace falta que se muera para que cambien las cosas. Para que cambien de verdad. Lo que molesta. Lo que genera malestar. ¡Qué equivocados estamos! Observo cómo Inocencio agarra con las dos manos la de su mujer y cómo cae rendido sobre su mejilla, y le veo como un atlante responsable de sujetar el globo terráqueo. Y que sin él nos vamos todos al hoyo.

Se acaba Antonio Machín y pongo «Dame la mano y corre», de José Guardiola. Aprovecho para dar una cereza a Ricardito y para cortar lomo y algo de queso para acompañar el vino. Se lo dejo en la mesa. No prueban bocado ni falta que les hace. Me fijo en sus labios. No callan…, y eso que lo que es hablar, hablan poco. Puede que envejecer sea el momento en el que dos personas se entienden más en el silencio que en la verborrea. En el deleite de mantener verdades a buen recaudo hasta que haya nuevas verdades que merezca la pena desprecintar. Contemplan el atardecer. Ella juega a coger su pajarita y comparar su tonalidad con el cielo. Él entra en un intento de rifirrafe cómico y se revuelve para que no le vuelva a descolocar la lazada. Estrella me pide que le traiga un pintalabios de su tocador y un collar de perlas. Acato su petición.

En lo que entro, encuentro y salgo, del tocadiscos se escapa un «si de mí te alejas». La anciana se pone el collar de perlas sobre la camiseta deportiva y el labial se lo da a Inocencio para que le pinte los labios. Él se salta el protocolo y empieza a pintarse los suyos con toda la maestría y el pulso que puede tener un nonagenario en esas condiciones. Un payaso improvisado. Ella estalla en carcajadas. El marido, no contento con haberse pintado la cara como el logo del metro de Madrid, empieza a besar a Estrella por toda la suya hasta que queda escarlata. La esposa utiliza la camisa de Ino como servilleta y casi lo tira de la silla; aprovecha su indefensión para arrebatarle el labial y comenzar a garabatear corazones en su camisa.

Inocencio me hace la señal y voy al tocadiscos para poner el vinilo favorito del hijo de mi amigo. Al empezar a sonar Julio Iglesias y la cortinilla de estrellas de la canción, Estrella lo mira sorprendida, como si le hubiese descubierto la canción del próximo verano en ciernes. Él le extiende la mano, ella acepta el baile y yo les dejo zarpar mientras la noche nos mete en su estómago. No sin antes grabar un vídeo para inmortalizar el momento y enviárselo a Oliver para compartir el éxito.

Sé que durante toda mi vida voy a recaer en este vídeo miles y millones de veces. Y cada vez me dirá una cosa diferente, pero es la prueba que constata que se puede elegir vivir, habitar, amar y morir diferente.

Ellos podrían haber escogido una vejez postrada, que fagocita. Habrían estado en su pleno derecho, pero han optado por la vejez disparatada. La hilarante. La que aun desprovista de cualquier tipo de esperanza prefiere que la muerte les pille como se pilla a un enamorado al otro lado del teléfono: garabateando corazones.

25

Blackstone (porque menos da una piedra)

Dicen que soy yo el que dirige esta orquesta
de seres que parecen libres y que vivir les cuesta,
y ahora que todos nos ven hacen sus apuesta',
las caretas que no están cuando las cosas cuestan.

WOS, «Buitres»

—En cinco minutos conectamos en directo, que hay una noticia de última hora y ha movido toda la escaleta… Perdón, pero no te muevas de aquí que, en cuanto me den paso, entramos —dice una reportera que ha escalado sobre sus tacones mientras pone un folio blanco sobre mi cara.

Es un programa de estos de Telecinco que lo mismo te habla de la actualidad que del corazón, de la búsqueda de los restos de un desaparecido que de la cola del supermercado, mostrando que las botellas de aceite ahora vienen con antirrobo. No ha venido sola, tal como prometió Pascual: más de medio centenar de medios acreditados la acompañan. De más rigurosos a menos (como este), pero importantes todos según Pascual. El *modus operandi* es sencillo: repetir el mismo discurso una y otra vez para que cale el relato. Firmes pero con educación. Ninguna duda en nuestro mensaje y, sobre todo, ninguna fisura entre los afectados. He respondido a todos y me he sorprendido a mí misma de lo rápido que le he cogido el gustillo.

—No sé en qué momento me habéis puesto entre todos a encabezar la marcha, Pascual —le digo mientras agarro mi trozo de pancarta grande como un latifundio que grita STOP DESAHUCIOS: FUERA BUITRES DE MI BARRIO.

—Todo empezó contigo, ¿no? Si no hubieses puesto la pancarta ni hubieses hablado con Ino y Estrella esto no sería posible. Tienes que ser tú. Encima eres una mujer joven y fuerte, de las que no quieres conocer enfadada, de las que transmiten seguridad. En cada una de mis luchas contra los buitres te habría elegido como abanderada.

El anciano sabe qué tecla tocar para que te vengas arriba.

En primera línea estamos Oliver padre e hijo (que se ha pintado STOP DESAHUCIOS también en la escayola y lleva una sudadera con la cresta de Sonic); Pascual (que parece haber rejuvenecido una década por sus ganas de gresca), que lleva su propia bombona de oxígeno y va por su propio pie sin necesitar ayuda de su nieto Maxi (que para la ocasión ha decidido ataviarse con una camiseta negra con la portada de Extremoduro de *Iros todos a tomar por culo*; sutil), y Amparo con su metamorfosis en activista completada a falta del pañuelo palestino para redondear su *starter pack*. No descarto que haya traído unas magdalenas caseras por si nos entra hambre por el camino, y que haya aprendido cómo hacer cócteles molotov por si la cosa se complica e hiciera falta «dar un sustillo». Tras esta primera fila todos los vecinos y vecinas de los dos bloques, con sus hijas e hijos; en total, un centenar de personas que levantan banderas y consignas. En el tercer bloque, varias asociaciones de vecinos y organizaciones similares se han sumado a la causa y, para finalizar (cerrando la marcha), los ancianos amigos de Pascual, Estrella e Inocencio, que ganaron al

Ayuntamiento aquel agosto de 1990. Un millar de personas vamos a ir ante el Ministerio para conseguir lo inaudito: que la piara vaya al matadero y no pruebe el cuchillo.

—Acaba de entrar una noticia más —aclara la reportera mientras se saca el pinganillo—, espero que me den paso porque si no ya nos iremos al telediario y no podré entrevistaros.

—¡De eso ni hablar! Tenemos que ser escuchados. ¡No nos vais a callar! —increpa por detrás Amparo.

—Amparo, un poco de altura y empatía. No es culpa de esta mujer —ataja Pascual—. Seguro que si estuviese en su mano, ya nos habría dado paso hace tiempo, ¿a que sí?

—Ojalá todos fuesen tan comprensivos como usted, sobre todo los de su edad; déjenme que yo pregunto y veré qué puedo hacer —dice la reportera, y se va a hablar con el cámara. Pascual nos guiña un ojo.

En ese momento, por si faltaba más picante a la previa de la manifestación, por si no tenía suficiente con encabezarla y que fuera a salir mi careto en todas las fotos, por si no era bastante con tener que hacer de portavoz por un día para medios con lo *ambivertida* que soy y con el alcance de daños de mi relación de amistad con Oliver aún por determinar…, aparece mi ex. Mi puto ex. Joel. Con todo el trajín de estos días se me había olvidado por completo que hoy hacía su parte de mudanza. Vuelvo a ser una Salieri de libro. Metralla en la aurícula. Él llega hasta nosotros y miro a Oliver como si se tuviese que esconder dentro de un armario o lanzarse por la terraza. Joel mira a todos lados sin saber muy bien qué está pasando.

—¿Qué haces aquí, Joel? —le pregunto.

—Si ya te dije que hacía la mudanza hoy, ¿no te acuerdas? Aunque si tienes manifestación contra los fondos buitre y te pilla mal mejor vengo otro día —contesta con ese tonito mezcla de ironía y estupidez culta que hace que me lleven los demonios.

—Hola, Joel —saluda Amparo, y le pone un pin en la camiseta—, no sabes la de veces que habré pensado en cómo llevabas la separación. Con lo buena pareja que hacíais. «Pobre Joel», decía. Lea está destrozada. —Joel me mira. Oliver me mira. Pascual me mira y respira de la cánula con exigencia.

—Emmm, bueno… Hay días mejores que otros, gra… gracias por preguntar. —Joel no sabe dónde meterse, así que recurre al truco que realizamos el noventa por ciento de los adultos funcionales con escasas herramientas sociales cuando nos incomoda una situación generada por otros adultos funcionales con escasas herramientas sociales: interactuar con sus mascotas o sus hijos—. Olivín, ¿cómo estás, compañero? —Corre a abrazarlo y lo levanta en volandas. El niño siempre ha tenido una afinidad especial con Joel; con su padre, todo lo contrario. Oliver y Joel se saludan con servicios mínimos, levantando el mentón y para de contar—. Ya veo que no te quitas la sudadera de Sonic que te regalamos Lea y yo ni para dormir. Seguro que te la pones de pijama con este calor y todo, ¿a que sí?

—Sip —responde quedo el niño—. Pero no hace tanto calor, ¿a que no, papá? —Olivín mira a su padre—. El otro día tita Lea y tú estabais en la cama tapados enteros por la mañana, ¿a que sí? Que tita Lea no quería salir porque tenía frío.

—Yo creo que tenían mucho —finaliza Joel mientras baja al niño al suelo lentamente sin apartar la vista de Oliver y de mí.

—Bueno, chicos, buenas noticias, nunca mejor dicho —interrumpe la reportera—. Entramos en diez segundos, ¿de acuerdo? Diez…

—¡Espera! —le grito, pero la reportera me desoye mientras calienta la voz y recibe los últimos retoques de maquillaje.

—Así que por fin os habéis atrevido —dice Joel, y aplaude con cinismo—. Habría estado mejor que hubiese ocurrido un par de años antes y nos ahorramos todos este paripé, pero mejor tarde que nunca, ¿no?

—Cinco… cuatro.

—«Si es mi amigo»; mi amigo por aquí…, mi amigo por allá…; «¿cómo me va a atraer mi amigo?», eso es lo que decías, ¿no Lea?

—Joel, que esto se va a emitir por la televisión y está el niño delante. Luego espérame en casa y hablamos, por favor… —le ruego.

—Pues mucho no os importaba que el niño estuviese delante la otra noche, que esa otra… —añade mirando a Oliver.

—Uno… Buenos días. Nos encontramos en la calle Nueva Zelanda, donde un grupo de vecinos y familias afectadas por la expropiación a manos de fondos buitres han decidido decir bast…

—Joel, cuando quieras podemos hablarlo como personas civilizadas, pero va a ser mejor que te vayas y no termines la frase —amenaza Oliver.

—… desde aquí iniciarán una marcha que los llevará hasta las puertas del Ministerio de Transportes, Movilidad y Agenda Urbana y no pararán hasta…

—Qué tipo de mierda de padre se trae a mujeres teniendo a su propio hijo en casa para acostarse con ellas —pregunta Joel.

—Todo esto no hubiese sido posible sin la chispa que prendió una mujer desde su terraza…, y esa mujer no es otra que… ¡Un momento! Desde aquí podemos ver cómo un hombre acaba de propinar un puñetazo a otro. Este se lanza sobre él y se enzarzan en una pelea. ¡Por Dios! Lea Arona Domínguez, portavoz y líder de la manifestación, se encuentra en medio de la trifulca intentando separar sin éxito a los dos hombres. Desconocemos las motivaciones, pero lo que queda patente es que este bloque está viviendo una situación límite donde…

Amparo coge el micrófono.

—Es el ex. Lo dejaron cuando los iban a echar de casa. Y yo creo que se ha liado con el amigo. Con el que tiene un hijo. No paraban de subir a casa de Lea día sí, día también. Y, tal como está Mercurio de retrógrado, era cuestión de tiempo —responde la vecina, y la reportera le quita el micrófono.

—Pues ahí lo tienen. Familias obligadas a huir de sus casas sacando lo peor del ser humano: rupturas causadas por la incertidumbre, infidelidades y una discordia cronificada entre vecinos que dentro de muy poco dejarán de serlo. Soy Coral Vivero y nos vemos mañana, a la misma hora.

26

#LeaLaQueHasLiao

Se acabó lo que era infinito,
se acabó sin que sonara el estribillo.
Te llevo en el altar de mis recuerdos...

Vangoura, «Rachel y Ross»

Me he hecho viral.

En el fondo siempre he sabido que este día llegaría. Lo de ser viral, me refiero. Hay personas que nacen para ser estrellas de una manera totalmente inmerecida y otras que es cuestión de tiempo que sean filmadas en el fotograma en que se estrellan y se convierten en un sintagma. Una abreviatura errónea por genuina meritocracia. Es que soy yo total. Pensé que sería por uno de esos vídeos que grabo cada año junto a la médica de la clínica hablando de los beneficios de la vitrificación de óvulos, porque esos vídeos dan para eso y mucho más, pero no.

He sido *trending topic:* #LeaLaQueHasLiao. Decenas de miles de cuentas compartiendo el mismo vídeo: mi cara separando a Oliver y Joel y la pancarta blanca que encabezaba la manifestación llena de sangre. «Para buitre ella #LeaLaqueHasLiao». «Los fondos buitre echaran a las familias de sus casas, pero Lea Arona las rompe desde dentro #LeaLaQueHasLiao». «#LeaLaQueHasLiao va a ser la próxima BZRP sesión». Vídeo con el que también han abierto todos los noticiarios del país a la hora de hablar de la fallida manifestación eclipsada con el percance. Pascual me ha dicho que se lo hemos puesto en bandeja a los medios para que nadie nos tome en serio y quedar como unos libertinos ante los ojos de toda España. El relato ya se ha construido y no podemos hacer nada. Se acabó. No sé por qué, pero siento que he fallado de alguna manera a Estrella e Inocencio. Llevo todo el día sin saber de ellos y tengo un mal presentimiento. Mañana es el cumpleaños del anciano y llamar ahora sería levantar la sospecha de que le vamos a preparar algo; mejor espero a que me llamen ellos. Además, estoy al otro lado de la puerta de mi casa y tengo que reunir las pocas fuerzas que me quedan para hacer frente a una casa vaciada por alguien a quien, hasta hace poco, llamaba hogar.

Abro la puerta y la luz del salón me confiesa que Joel sigue aquí. No se le escapa ni un saludo. Aprovecho para recorrer la casa y enumerar los huecos que ha dejado en cada una de las dependencias. A las habitaciones cuando se está en pareja se las llama «habitaciones». Cuando la pareja se rompe, ese desuso habitacional hace que le busquemos un nombre más acorde a lo que se vivió en su interior. «Dependencias» me parece el más acertado. En la cocina no falta mucho: su sartén wok y algún cuchillo de los buenos. Ya no está su ropa interior en el tendedero, lo siento como una exhumación; faltan todos los cuadros y todo el mobiliario del despacho; en el dormitorio, su armario es un cementerio de perchas de Ikea y pelusas de polvo, y en el baño ya no queda rastro de él. Todo esto sin contar las cosas que echaré en falta con el paso del tiempo. Que una pareja se lleve sus cosas es un robo retransmitido. Voy al salón, donde se encuentra Joel. Del salón que conocía solo queda el sofá (y porque lo traje yo). En él está sentado Joel con una bolsa de hielo sobre el ojo. Sujeta sus gafas de pasta (las que dejé en el buzón con la otra mano), al verme se quita la bolsa de hielo, se pone las gafas y da golpecitos en el sofá para que me siente a hablar. Accedo.

—¿Cómo estás? —pregunta con tono reconciliador.

—Mejor que tú —ironizo.

—Lea, he visto lo popular que eres, no creo que estés mejor que mi ojo hinchado.

—*Touché* —contesto, y me pongo cómoda—. Ha sido un desastre.

—Me he comportado como un gilipollas de manual. Me he puesto hecho una furia y he mandado todo al garete.

—No tienes disculpa, no. Aunque tampoco voy a ir de santurrona. En una situación similar te habría arrastrado de los pelos, aunque fuese en la mitad del discurso de Navidad del rey.

Joel se ríe con un gesto de dolor.

—Y Oliver, ¿cómo está? Cuando pase un tiempo prudente, me gustaría hablar con él para pedirle perdón. No tenía ningún derecho a hablar así de él delante de su hijo.

—Pues tiene un hueso de la mano roto y después de la manifestación le he tenido que llevar a urgencias con la mano como un pan de pueblo. Casi obligado porque no quería que se la miraran. Ahora padre e hijo tienen la misma mano escayolada… Aun así, sabes que para los enfados es como un niño y es incapaz de guardar rencor a alguien. Así que no te preocupes.

—Lea…, sé que no es asunto mío, pero tú y Oliver…

—No, Joel. Quiero decir... sí. Sí que pasó, pero no va a volver a pasar. Solo queremos ser los buenos amigos que hemos sido siempre. Tampoco fue algo buscado, eso quiero que lo tengas claro. No estábamos contando los días para que estuviese soltera y que pasara «algo». Mientras estuve contigo, nunca lo vi de otra manera que no fuese como amigo. Aunque, visto lo visto, no espero que me creas...

Joel se queda en silencio y limpia las gafas usando la camiseta como gamuza.

—¿Puedo ser sincero? —me pregunta.

—Espero que estos casi diez años lo hayas sido, maldito.

—Que no te quepa duda. ¿Sabes por qué quería que tuviésemos un hijo?

—¿Crisis de los protocuarenta? ¿Incipiente pérdida de calidad en el esperma?

—Siempre odiaré el sarcasmo que sacas en los momentos más sensibles.

—Lo sé, perdón. Continúa.

—Mira..., puedes ver un árbol seco, quebrado y sin hojas. Un árbol casi moribundo. Puedes decirte a ti mismo que ese es tu árbol y untar la herida con masilla, atar bastones rígidos a las ramas que no tienen soporte para que se crezca recto, poner puntales de acero para que deje de estar doblado. Una vez dado forma, protegerlo de las condiciones extremas, regarlo de más en verano y crear canalones para que no entre agua en época de lluvias. Cuando empiece a rebrotar sano, puedes tumbarte en su sombra y leerle tus libros favoritos, ponerle las canciones que más te emocionan y presumir de árbol...

—No te pillo, ¿por qué me dices todo esto, Joel?

—Pues porque por mucho que cuides ese árbol y mucho empeño que le pongas, si es un manzano no te va a dar limones, Lea. Te puede dar las mejores manzanas, pero nunca limones. Lo puedes maldecir porque solo te da manzanas, tratarlo mal y no llorará limones. Tú y yo nos amamos y alguna parte de nosotros siempre lo hará de una manera incondicional, pero desde hace tiempo buscábamos caminos diferentes. Creo que con eso de ser padres buscaba una forma de afianzar la relación porque me moría de miedo a perderte. Me acojonaba. Luego te veía con Oliver y os veía tan semejantes...

Hay palabras que no se dicen. Son un torrente de lágrimas que aprenden a vocalizar y salen por la boca. Me quiebro y lo abrazo.

—Sabes que te amo como no he amado a nadie, ¿no?

—Y yo a ti, Lea. Y yo a ti —me dice acariciándome el pelo—. Míralo así, qué bonito es que dos personas se amen tanto que dejen su egoísmo a un lado y se puedan desear lo mejor, aunque sea lejos del otro. A lo mejor somos la mejor pareja que hay después de Marina y Ulay. —Se pone de pie.

—Yo no te pienso demandar como ella.

—Espero. A lo mejor podemos hacer de este salón nuestra propia muralla china. Mira —me coge de los hombros y me deja en la entrada del salón—, tú ponte aquí. Yo voy a la terraza. Daremos pasos lentamente y nos encontraremos en mitad del salón. Nos abrazaremos el tiempo que haga falta. No tengamos prisa. Esa será nuestra despedida. Ni una palabra. Solo el abrazo. Después, sin mirar atrás, yo saldré de casa y tú saldrás a la terraza.

—No me voy a tirar por ti si es lo que estás insinuando...

—Lea...

—Ya paro.

El día que entramos a vivir en esta casa Joel medía las distancias con pies a falta de metro. Nuestra relación duró casi diez años, la despedida tres semanas, cuatro pasos y lo que dure este abrazo. Me encajo entre sus costillas y aterrizo mi cabeza en su clavícula. No le puedo llamar abrazo si se me sale el corazón del pecho. Aspiro su olor por última vez. Siempre ha sido para mí un refugio antiaéreo, pero empieza el bombardeo: esa segunda quincena de septiembre bañados por las auroras boreales de Islandia, ese café con leche en París que costó once euros, tu abrazo por detrás cuando me enseñaste la mirilla de Roma, la risa cuando te enseñé a guiñar un ojo en Valencia a tus treinta y tantos, el baño que nos dimos desnudos en Cádiz bajo la luz de la luna llena, la multa por escándalo público en Asturias, la multa por escándalo público en Tenerife, las reconciliaciones de 2013 por la crisis de los tres años, la del medio año, la de los tres meses, el primer te amo, la primera vez que juntamos los labios, todas las primeras veces. Soy una niña pasando fotogramas de nuestra historia como en una cámara de juguete, admirando monumentos a golpe de clic.

Nos despegamos, nos miramos a los ojos por última vez. Agradecimiento. Dolor. Despedida. Ligera. Agradecimiento. Adiós. Herida. Alivio. Encuentro. Vida. Pena. Cicatriz. Desencuentro. Agradecimiento.

Me dirijo a la terraza cumpliendo así mi parte del pacto. El sonido de la puerta al cerrarse indica el final de la *performance*. Estalla un llanto reparador. Imponderable.

No sé cuánto tiempo ha pasado cuando el teléfono suena. Si es Joel diciendo que se ha dejado algo, lo mato. Miro la pantalla. No es él. Es Estrella. Inocencio se está muriendo.

27

El pregonero

Pregonero, pregonero,
no sé qué tiene tu cantar
que por las calles al pasar
tu mercancía todos quieren probar…

ANTONIO MACHÍN, «Pregonero»

Llego al hospital. Es tarde, pero a pesar de las altas horas, una turba ya espera a los pies de una de las habitaciones. Realizan una especie de vigilia muda. Entre la centena de personas reconozco algunas caras: el carnicero Matías, Celine junto al que parece ser el novio arqueólogo, el dandi Bartolomé, Pascual y su nieto, y, a su lado, el anciano que iba con ellos (creo que se llama Aurelio). Todos miran hacia la segunda planta, como si estuvieran bajo el influjo de algún tipo de poder hipnótico. No me cuesta mucho deducir que ahí tiene que estar Inocencio. Me acerco a ellos.

—Hola, Pascual, ¿cuánto tiempo lleváis aquí?

—Acabamos de llegar, poco antes que tú —responde Aurelio, apesadumbrado—. Estrella tenía orden de llamar a una lista de personas y que nos encargásemos de avisar al resto cuando Inocencio…; pero vamos, ya ves todas las personas que estamos, y las que vendrán de camino. A ti también te ha llamado, ¿no?

—Sí, hace media hora. Me he dado toda la prisa que he podido…, pero ¿sabéis su estado? ¿Cómo se encuentra? —le contesto al anciano.

—No sabemos nada. Solo que está en esa habitación —aclara, y señala una habitación de la segunda planta—, y estos matasanos tampoco es que nos dejen entrar. Solo a su mujer, y a sus amigos de toda la vida que nos zurzan.

—Si solo pudiésemos subir un segundo… —se resigna Bartolomé—. ¡¿Qué les costará?! ¡¿No voy a poder ni despedirme de mi amigo?! No tienen corazón.

—¿Tú no puedes hacer nada? —me pregunta Celine con las manos sobre mis hombros, y todos me miran como si fuese la respuesta definitiva.

—¿Yo? Pe… pero ¿qué queréis que haga?

—Estrella nos contó que trabajas en una clínica, algo de mano tendrás que tener para poder entrar… —insinúa Aurelio, buscando la esperanza bajo las piedras.

—Trabajo como comercial en una clínica de fertilidad. En lo único que me parezco a una médica es en que las dos llevamos bata blanca…

Todos se miran como si mantuviesen un cuchicheo telepático del que, evidentemente, no formo parte. Bartolomé asiente y da toquecitos con el bastón en el suelo. Cuida mucho lo que me va a decir.

—Lea, ¿no tendrás por casualidad la bata en el coche?

Sí, me estoy colando en un hospital con la bata blanca que llevo en el maletero. Sí, he conseguido hablar con Estrella y me ha dicho el número de la habitación en la que está Inocencio en la planta de cuidados paliativos. Sí, hoy (casi con total seguridad) voy a terminar detenida por suplantación de identidad y sin trabajo cuando lo notifiquen a mi empresa. Pero sí, sin lugar a duda no hay universo posible en el que no haría lo mismo por Inocencio.

No logro zafarme ni de la recepcionista.

—Perdone, ¿adónde va? —pregunta, amenazante, conocedora de mi conato. Intento mostrar una falsa seguridad.

—A cuidados paliativos. A ver al señor Inocencio.

—El horario de visitas es de ocho a doce y de cuatro de la tarde a ocho. Buenas noches —finaliza sin concesiones.

No sé qué más puedo decir sin delatarme o delinquir, pero tengo que llegar a esa habitación como sea. Cada vez que la vida me ha puesto a prueba, he desistido al primer obstáculo. Soy buena negando, pero a la hora de la verdad nunca he sabido qué hacer cuando el «no» me lo han dicho a mí. Los he acatado sin rechistar. Y no. No, no, no, no…, ya te digo yo que no. Hoy no va a ser una de esas veces, ¡al carajo!

—Perdone. Tengo que ver al paciente don Inocencio. He venido desde muy muy lejos. Entiendo que tiene que hacer su trabajo y no dejar pasar a cualquiera. Y sé que no me conoce, pero tengo que verlo —respondo con una claridad inusitada, y la recepcionista me examina de arriba abajo.

—Yo sé quién eres. La de la manifestación de esta mañana. Lía Arona.

—Lea. Lía no. Lea.

—Eso, Lea. Pero no veas la que has liado… —añade con sorna, y vuelve a su rectitud de oficio—. No estarás intentando hacerte pasar por médico, ¿no? —pregunta descolgando el teléfono como si fuese a llamar a Seguridad.

—No, por favor… Mira. Escúchame primero y luego llamas a Seguridad, a los antidisturbios o a un loquero, pero tú escúchame, por favor…

La recepcionista se queda a la espera y se apoya con los codos en la mesa colocando el teléfono bajo su papada.

—Hace unas semanas me dejó mi pareja de casi diez años por no querer ser madre. Trabajo en una clínica de fertilidad, así que imagina el golpe que supuso para él. Cuando termine el mes, el desgraciado de mi casero me va a echar del piso para trocearlo y alquilarlo más caro. Me acosté con mi mejor amigo y no sé si es mi medio limón o si solo es una salida de emergencia…, yo qué sé. Hoy he salido en todos los telediarios como si fuese la arpía más grande de toda España y arriba, en una planta de cuidados paliativos, se va a morir un buen hombre que ha ayudado a todo un barrio. Solo tienes que salir fuera para ver a más de cien personas intentando tener un segundo para poder despedirse de él. Despedirse de un hombre que ahora mismo cumple noventa y un años y va a morir el mismo día que nació pensando que solo le quiere su mujer. Por favor. Te lo pido.

La recepcionista se frota la frente a la altura del nacimiento del pelo. Mira a los lados. Cuelga el teléfono.

—Mi marido también me dejó por lo mismo y al mes me enteré de que iba a ser padre de un niño que ya tenía cuatro meses, ¿sabes qué habitación es?

Una de las cosas que más me dicen las mujeres que han sido madres es que todo el mundo te prepara para el embarazo y para el parto, pero casi nadie te dice cómo afrontar ese cuarto trimestre del embarazo en el que el bebé ya ha nacido. Ese meridiano donde tus entrañas y emociones *huérfilas* han sido despojadas de la vida que yacía dentro y tienen que lidiar con ese luto mientras amamantas (si puedes hacerlo) a la nueva vida que ya habita fuera. Si nadie nos prepara para la vida, cómo van a hacerlo para la muerte.

La habitación donde me recibe Estrella es simple, como debería de ser un adiós. Un sillón azul con reposabrazos exagerados, una ventana amplia, un cuadro desangelado en la pared con una imagen impersonal recurrente, un mueble auxiliar con una flor de plástico y la cama metálica con ruedas en la que yace Inocencio, de la que sobresalen vías y un pulso estable. Todavía no quiero enfrentarme a esa imagen. El abrazo efusivo de Estrella me ayuda en esta evitación, aunque más que abrazo sea un alma en pena que se desinfla en mis brazos nada más verme. Salimos fuera de la habitación para hablar.

—Vaya fiesta de cumpleaños sorpresa, ¿eh? —Es lo único que le nace decir.

—¿Qué han dicho los médicos?

—Cuestión de horas, hija. Quizá un día más, pero no creen que…

—¿Y ha podido hablar con él? ¿Puede hablar?

—Por momentos, pero todo sin pies ni cabeza. A mí me llama como a su madre, a la enfermera la regaña con el nombre que le habríamos puesto a una niña si la hubiésemos tenido. La frase que más dice es la de las cartas y los sellos.

—«A todo el mundo le gusta recibir cartas…».

—«… pero ya nadie compra sellos» —finaliza Estrella, y reímos.

—Sabe la que tiene liada abajo, ¿no? Habrá como más de cien personas y se está acercando más gente.

—¿Qué me dices? ¿Para ver a mi Ino?

—Eso parece. Si yo he conseguido colarme en un hospital y convencer a una recepcionista conociendo a su marido de tres semanas, imagine de lo que son capaces ellos. Tranquila, que no están molestando el funcionamiento del hospital ni están bloqueando ninguna entrada.

—Ay…, mi Ino. —Quiere llorar, pero de su mirada hundida ya no brotan más lágrimas—. ¿Sabes también qué no para de decir? Que quiere que venga la presidenta.

—¿Cómo que la presidenta? ¿Del reino?

—Creo que sí. Lo más curioso es que cuando le he preguntado cómo es la presidenta, te ha descrito a la perfección.

—¿A mí?

—Totalmente. Vamos, que te ha hecho un retrato robot que ni la policía.

—Bueno, si algún día me quedo sin trabajo, siempre puedo optar a la presidencia —ironizo, pero la confesión loca de Estrella me da una idea—. Estrella, ¿cree que Inocencio tendría fuerzas para levantarse una vez más y asomarse a la ventana mientras lo sujetamos?

—Pero ¿qué dices, Lea? ¿Qué tienes en mente?

—Pues darle la fiesta de cumpleaños que merece su marido.

—Pero…

—Estrella…, es o eso o que centenas de personas

irrumpan en el hospital. Créame que le va a gustar. Lo único es que, por una vez, va a ser usted, Estrella, la que me tenga que seguir el rollo a mí, ¿estamos? —le contesto, y entramos en la habitación.

Inocencio está débil. Se parece a los amigos imaginarios que se desvanecen si dejas de creer en ellos. Al entrar en la habitación me mira incrédulo. Me sorprendo al sentir el mismo dolor que sentí con mi madre cuando no me reconocía. Me repongo como puedo y empiezo a representar mi papel en esta última función.

—Don Inocencio…, soy la presidenta. He llegado tan pronto como mis obligaciones me lo han permitido, ¿cómo se encuentra?

—Presidenta —responde Inocencio como si despertara de una anestesia general—, ¿es usted?

—Pues claro que soy yo, don Inocencio, ¿quién si no? Ah, claro…, que no me reconoce con la bata. Me la han dado para poder acceder a la habitación, ya sabe…, cosas de protocolo y seguridad.

—Oh…, claro, claro. Pues gracias por venir. Necesito que convenza a mi madre para que me deje salir de aquí. No sé qué perra le ha dado con que no puedo, y mira que le he dicho que es solo un resfriado de nada, pero no me deja. ¿Puede hacerla entrar en razón? —dice, y hace el gesto para que me acerque para decirme algo al oído—. Yo creo que ya está un poco majareta —musita, y no se da cuenta de que una de mis lágrimas impacta en su camisón.

—Nada de eso; ¿sabe usted por qué su madre le decía que tenía que esperar aquí? Es porque hoy es un día especial, no solo para usted, si no para todo el pueblo.

—¿Qué día?

—Hoy es el día grande. Hace veintitrés años del día que nos levantamos contra España y su atropello. El día que comenzó todo. Y este año usted, por sus valores y principios, será el encargado de dar el pregón.

—¿Yo? ¡No puede ser! Usted mejor que nadie sabe lo que hice y no me merezco este favor —dice con un claro gesto de arrepentimiento.

Miro a Estrella buscando información adicional que me ayude. Ella se acerca a su marido.

—Cariño, teníamos miedo. Tú y yo. El reino nos ha perdonado. Tienes que empezar a hacerlo tú —lo tranquiliza. El anciano respira aliviado.

—Entonces, mamá, ¿por eso no podía salir? —le pregunta a Estrella, y ella lo recibe como un obús directo al corazón mientras intenta hacer su papel.

—Sí, cariño. Era por eso, pero también porque estás malo.

—Y yo que pensaba que estabas loca, mamá. ¿Me perdonas?

—¡Cómo te voy a tener que perdonar si eres el mejor hombre que he conocido! —responde Estrella entre lágrimas.

—¿Y cuándo lo tengo que dar, presidenta?

—¿Cómo que cuándo? Pues ahora mismo. ¿Usted no reconoce nuestro Ayuntamiento? Pues ahora mismo está en él. ¿Ve esa ventana? Abajo están todos los habitantes del reino esperando su discurso. El tiempo apremia. Así que lo ayudaremos a acercarse a la ventana para que diga unas palabras al pueblo.

—¡Si no tengo nada preparado! ¿Qué voy a decir?

—En el Reino de Belmonte es tradición que el pregonero nunca se prepare lo que va a decir, así le sale del corazón. Por eso un pregonero no sabe que es pregonero hasta el mismo momento en que tiene que dar el pregón. Si usted me dice que no va a poder hablar, lo entiendo, pero nos quedaremos este año sin día grande.

—No, no. Yo hablo, presidenta, pero ayúdeme, por favor, que se me han dormido un poco las piernas de tirarme el día a la bartola —me pide, y lo ayudamos a bajar de la cama. Estrella sujeta el soporte del suero. Nadie sabe explicar con total exactitud qué les ocurre a las personas antes de morir. Cada caso es un mundo. Cada mente es un universo oscilante. Cada final una excepción. De pronto Inocencio puede andar, con mucha dificultad y ayuda, pero lo atribuye a tener las piernas dormidas. El cangrejo le da unos minutos de cortesía. Retiro el sillón, abro la ventana y me asomo para dar paso al pregonero. Ahora ya no hay cien personas, habrá como medio millar. Al asomarme estalla el júbilo. Mando callar con la mano.

—Vecinos y vecinas de nuestro humilde reino. Os habla vuestra presidenta —declamo. Al escuchar la palabra «presidenta» se miran unos a otros extrañados, pero rápidamente entienden el nuevo papel que tienen que desempeñar en esta última función. Respiro con alivio y puedo proseguir—. Hoy no es un día cualquiera. Hoy es el día más importante del año. Cada año hemos buscado a la persona que mejor representara los valores y principios de esta nuestra nación. Este año el galardón recae en una de las personas más ilustres y queridas que tenemos. La historia de un humilde cartero que ayudó a cada una de nuestras familias. Un hombre que nunca ha perdido la fe a causa de nuestra historia reciente y la ha defendido con uñas y dientes. Con una certeza inquebrantable. Bueno…, no me quiero explayar, así que, sin más dilación, es un honor para mí nombrar a nuestro excelentísimo don Inocencio ¡pregonero de Reino Belmonte!

El griterío y el aplauso colosal hace que el resto de los pacientes del hospital y sus familiares se asomen por las ventanas de sus habitaciones. Ayudo a Inocencio a apoyarse en el marco de la ventana y se asoma a saludar como si fuese un niño en su graduación.

Lo que dice es inconexo, ininteligible, pero es lo de menos. Es como si su discurso fuese diferente en cada oído que lo escucha. No lo puedo explicar mejor. No es un lenguaje universal, es el dialecto que se utiliza con una persona que conoces de toda la vida y te lo dice todo con tan solo mirarte, o sabes qué te ha dicho aunque no haya vocalizado. La trayectoria de las expresiones, la cadencia, los silencios, un lenguaje memorizado de todo lo que nos dijimos en el pasado. Pues esto, pero multiplicado por el número de personas que lo estamos escuchando. Un cuadro abstracto.

Para mí, Inocencio dice en su pregón que no me case con la culpa, que nadie me ate a nada que no quiera. Que a eso no lo llame amor, pero que diga «te amo» muchas veces mientras pueda a los que están, a los que me rodean, porque los difuntos no leen mensajes de cariño. Que me atreva. Que a ojo ajeno, cada uno se engaña como quiere, pero que hay que matar y morir por esa verdad intransferible en la que uno cree aunque el resto lo tache de mentira. Y no sé por qué, pero pienso en Oliver. Inocencio termina su discurso, agradece nuestro tiempo, se despide y se retira de la ventana, pero la ovación ininterrumpida hace que salga hasta tres veces más como en toda buena obra de teatro que se precie. Estrella y yo lo ayudamos a meterse en la cama.

—¿Qué tal lo he hecho, mamá? —le pregunta a Estrella. Ella no se puede contener, así que contesto yo por ella.

—Inocencio, le puedo asegurar que ha sido el mejor discurso que he escuchado en mi vida. Gracias por su entrega. Eso sí, debería descansar para recuperarse del resfriado cuanto antes.

—Gracias, presidenta...

Satisfecho con su discurso, el pregonero cierra los ojos por última vez. Nadie nos prepara para la muerte, pero despedirnos de la vida entre aplausos es un principio.

28

Solo hasta más ver

Te he dejado en el sillón
las pinturas y una historia en blanco,
no hay principio ni final,
solo lo que quieras ir contando.

Vetusta Morla, «Al respirar»

—Gracias por llevarme al tanatorio —le digo a mi padre mientras conduce de camino a casa—. No he podido dar ni una cabezada, pero me temo al volante y, siendo sincera, no me atrevía a ir sin ti.

—Bueno, me gusta saber que mi hija sigue viva, aunque solo sea para que su padre la lleve a un velatorio —responde, cínico.

—Papá, sabes que estas semanas han sido...

—Moco, ni te disculpes. Si me equivoco corrígeme, ¿eh? Pero creo que lo que has intentado es demostrarte a ti misma que podías tú sola: una ruptura, una compra de vivienda, ser nieta putativa de una pareja de ancianos, convertirte en la líder intelectual de una manifestación contra la burbuja inmobiliaria, ser conocida en toda España por la pelea de dos hombres por tu amor. ¿Me dejo algo?

—Así que lo has visto.

—No vivo en una cueva, Moco.

—Pues eso..., que hemos tenido algo Oliver y yo, papá —añado entre dientes.

A mi padre le entra la tos.

—Ahora sí que me voy a enfadar; has tenido tiempo hasta para besar a tu amigo ¿y no para llamar una vez al día a tu padre?

—Han sido tres semanas muy locas, papá. Lo de Oliver ya ha sido la guinda.

—Por lo menos Oliver siempre me cayó bien.

—¡Quieto parao, que sé por dónde vas y no!

—No ¿qué? —incide.

—Que no vamos a ser pareja, al menos no de momento —le corto, y el cerebro me juega una mala pasada.

—Bueeeno…, ya estamos cambiando un «no» rotundo con un «de momento» con fisuras.

—No sé para qué te digo nada.

—Porque soy tu padre y me adoras.

—Que no te quepa la menor duda.

—Moco, te voy a dar tregua y voy a cambiar de tema, que estás muertita de sueño y es demasiado fácil sonsacarte todo. No tiene emoción —me tranquiliza, y mira por el retrovisor mientras rebusca cómo formular la petición—. Me he quedado con verdaderas ganas de conocer a Inocencio. Para que te volcaras con él, tuvo que ser una persona única.

—¿Sabes por qué me he volcado tanto con Estrella e Inocencio? Porque no lo hice con mamá y esa pena me la llevaré a la tumba.

—Lea, no… Solo te lo decía porque me parece…

—No, papá. Por favor, déjame seguir —lo interrumpo, y lo miro con decisión—. Llegué a tener hasta rencor hacia mamá. Su falta de vitalidad, su desánimo cronificado, cómo cada conversación que hubiese en casa era engullida por ese agujero negro que era su enfermedad. Todo giraba en torno a su enfermedad: mis horarios, mis amistades, ¡mi vida! Mis amigas hablaban de lo que les iban a regalar en la comunión y yo hablaba de que a mi madre se la iba a llevar el cáncer. Mis amigas se iban de viaje de fin de curso y yo iba al hospital a las sesiones de quimio. Hay edades en las que uno tiene derecho a crecer pensando que todo va a salir bien, que todo se va a solucionar, que no hay monstruo tan peligroso campando a sus anchas por ahí que no desaparezca si se enciende la luz, y la enfermedad de mamá me arrancó la niñez de cuajo como una muela del juicio que crece mal. Ya te digo, llegué a tener hasta rencor hacia mamá, pero poco a poco ese rencor fue remitiendo para dar paso a una culpa e impotencia descomunales. Me abrasaba el pecho, papá, ¡me consumía! Quizá por eso quise ayudar tanto a Inocencio. No sé cómo explicarlo, pero cada vez que estaba con él era como si me sintiera más cerca de mamá, de aceptar la enfermedad que desintegró quién era y de tener otra oportunidad para hacer mejor las cosas. Incluso a la hora de despedirme de él sentí que decía adiós también a mamá.

Mi padre busca aparcamiento y una vez estacionados quita el contacto de la llave y se queda en un silencio sostenido que dura como cinco minutos.

—Lea… —arranca mi padre con lágrimas en los ojos—. ¿Te gustaría decirle adiós a mamá?

—¿Aquí? ¿Ahora?

—Sí. Me gusta pensar que nos mira por un agujero. Bueno…, espero que no lo haga rollo Gran Hermano ininterrumpido, porque como me vea haciendo *edredoning* con Marina me corre a gorrazos…

—Nunca te he dicho que maldigo el sarcasmo como mecanismo de autodefensa que he heredado de ti, ¿no?

—Créeme que yo lo hago cada día, Moco. Bueno, como te decía…, me gusta pensar que nos mira por un agujero. Que está ahí para celebrar con nosotros lo bueno que nos ocurre y para ser bálsamo cuando todo se tuerce, por eso te propongo que le hables en voz alta y te despidas de ella… solo hasta más ver. Que le digas todo lo que sientes que no pudiste decir en todo este tiempo, ¿te parece? Tú prueba. Te abres y sacas todo lo que tengas que decirle y no te culpes si no salen las palabras.

—¿Tienes pañuelos en el coche? Nos van a hacer falta —le aseguro, y busco hasta encontrar una caja en un lateral. Me la coloco encima de los muslos y cierro los párpados.

—Cuando quieras.

Inhalo profundamente y carraspeo, como si por aclarar la voz mi madre me fuese a escuchar mejor. Es raro, pero tengo los nervios propios de la certeza cuando la percibes. Y tengo la certeza de que ella es todo oídos.

—Mamá…, cuánto tiempo, ¿eh? Recuerdo cuando fui de la comunión al hospital para verte. Estaba rabiosa contigo porque no viniste al banquete. Es curioso porque no me obligasteis a hacer la comunión ni era un evento especial para mí. Te reconozco que es algo que os supliqué al ver que iban a ir todas mis amigas a catequesis (supongo que por no quedarme sola) y así tener una actividad más que hacer con ellas. Creo que lo que más me molestó de tu ausencia en mi comunión fue que una parte de mí sabía que se iba a quedar sola de ti.

»Siete días después de mi comunión, el banquete era lo de menos: te fuiste y no quise entrar en el velatorio para decirte adiós. Me diste miedo. Miedo de verte tumbada sin vida. De llamarte y que no respondieras. De que me reconocieras más como tu hija ahora que estabas muerta que en los últimos meses con vida. Hoy, papá y yo hemos entrado a un tanatorio donde todo el mundo reía, no sé por qué se ríe en estos sitios. Será que todas y todos estamos un muchito en carne viva, abiertos de par en par. A mí, fíjate tú, me ha pasado justo lo contrario. Me ha inundado una tristeza profunda y he llorado de lo lindo, he llorado por hoy y por tu entierro.

»Lo recuerdo a la perfección. Ese día estaba tan paralizada que no lloré. En los entierros los familiares tienen un ojo puesto en la lápida y otro en los pequeños huérfanos. No entendía nada, o más bien no quería entender. De mi madre, la que no fue a mi banquete de comunión, la que no vi en el velatorio, la que no me reconocía, solo quedaba su nombre en una piedra y ¡me tenía que creer que eras tú!

»Hace dos días entendí el secreto del adiós, ¿te lo cuento? Escúchame bien porque solo lo voy a decir una vez… ¿Preparada? Allá va. "Adiós" es una palabra vacía. Como lo oyes, mamá. "Adiós" es una palabra que no tiene sentido. Es un agujero hasta que se rellena con la historia que la acompaña. Es la historia llena de matices la que le da valor. Y ahora puedo decirte adiós, mamá. Adiós, y hasta más ver. Porque cada día que pasa te tengo más presente, porque cada día que pasa tu recuerdo tiene más y más color. Porque cada día que pasa aprendo que crecer es descubrir a los que ya no están con nosotros en los mejores rincones: en los sueños, en las celebraciones, en las buenas conversaciones, en el reflejo que me devuelve el espejo y cada día me saca más parecido a ti. Porque cada día que pasa mato a tu olvido un poquito más.

»Si de verdad es cierto que nos ves a través de una mirilla, espero que hayas disfrutado de este teatro ambulante durante tres semanas sin prórroga, ¡si hasta he terminado siendo la presidenta del reino de un anciano! Mamá, no te preocupes, que voy a cuidar de papá, y tranquila, que le ha tocado la lotería con Marina y su inocencia, y lo "debuenoerestonto", que está en buenas manos. Y por mí tampoco te preocupes. No quiero ni una sola preocupación más. Voy a vivir, me voy a equivocar casi todas las veces: eso te lo adelanto, acertaré unas pocas y de manera totalmente inmerecida. Voy a viajar y a compartirme, voy a trabajarme, porque los que tienen miedo a que los abandonen se terminan abandonando a ellos mismos. Para resumir, voy a llenar mi vida de momentos y matices para que cuando mis seres queridos sean los que tengan que decirme adiós, haya una gran historia que llene el agujero. Una canción con la que morir feliz. Mamá, ya me puedo despedir, que tampoco es plan de ser cansina. Mamá, te amo. Adiós, y hasta más ver.

Epílogo

Hay verdades que pueden esperar

Cuando yo muera, amado mío,
no cantes para mí canciones tristes,
olvida falsedades del pasado,
recuerda que fueron solo
sueños que tuviste.
¡Qué falsa invulnerabilidad la felicidad!

SILVIA PÉREZ CRUZ, «Mañana»

Han pasado treinta años desde que Inocencio dio el pregón, pero en esta casa no pasa el tiempo. Ya sé cuál era el truco de Estrella para mantenerse tan joven, parece que no paso de cincuenta y sigo teniendo lo mío, ¿eh?; eso sí, mis diez mil pasos diarios no me los quita ni Dios... Lo dicho, han pasado treinta años desde que Inocencio falleció, pero nadie sabía el efecto dominó que iba a desatar con su partida.

Por lo pronto, su historia rocambolesca llegó a los medios y utilizaron su imagen como un símbolo de lucha que sirvió para revitalizar nuestros derechos fundamentales. Fue escaparate y maquillaje, pero algunos altos cargos se lo tomaron a pecho y decidieron dar ejemplo empezando por nuestro bloque. Parece ser que encontraron anomalías ilegales en la gestión del casero y se lo llevaron por delante. Ante la actividad delictiva, el hermano menor de la antigua casera pasó a ser el nuevo arrendador de todas las casas, y paralizó de inmediato la venta del edificio sin subir el alquiler ni un euro.

Eso no es todo. A los pocos días me llamó un albacea para que acudiera a la lectura del testamento de Inocencio;

bueno, a mí y a Estrella, Matías, Celine, Pascual, Aurelio y Bartolomé. Todos mirábamos a Estrella buscándole la lógica a que nos hubiesen llamado y ella parecía la primera sorprendida, que no molesta. Luego me confesó que le gustó vernos ahí. Como para no... Por lo visto, el bueno de Inocencio, el anciano que tenía siempre en la boca el «a todo el mundo le gusta recibir cartas, pero ya nadie compra sellos» era un filatelista de cuidado. Hobby oculto que inició cuando trabajaba de mensajero y que, poquito a poquito y a la chita callando, llegó a amasar una gran fortuna con la compraventa de sellos. A cada uno nos tocó uno de los sellos postales más caros del mundo. A Matías le dejó un original de uno de los cuatro sellos de la serie Small One Dollar del Red Revenue de China; a Celine, el Jenny Plate de 24 centavos, único por un error de estampación por el cual un aeroplano estaba del revés; a Pascual, Aurelio y Bartolomé les dejó a repartir el sello sueco de tres chelines, único ejemplar en el mundo; a mí me dejó el Penny Black de la reina Victoria (con la única condición de que lo compartiera con el pequeño Olivín), y a su Estrella, el amor de su vida, le dejó lo que para muchos coleccionistas es la *Mona Lisa* del mundo de los sellos: el primer centavo magenta. Más de una vez le pregunté a Estrella cómo era posible que su marido tuviera esa vida secreta y a sus espaldas. «Y cenando huevo duro el ricachón, la madre que lo parió» es lo único que se limitaba a responder.

Como cabía esperar, Estrella no pisó una residencia ni para visitar a sus amigos. No tuve que suplicarle mucho para que se quedara a vivir conmigo. Y con Ricardito. Por lo menos tuve la suerte de disfrutar de su compañía otros cuatro años más: los más locos de mi vida. Cuando Estrella faltó, la cacatúa se atragantó con un hueso de aceituna. Setenta y cinco años bailando con el cianuro y solo una aceituna acabó con ella. No está hecha la oliva para la boca de la cacatúa. En esos años tuve algún que otro encuentro con Oliver, pero nunca logró cuajar. Siempre quedamos para la posteridad como «la relación más corta de la historia», cosa que llevamos (tanto él como yo) con dignidad. También es cierto que al poco tiempo conoció a una argentina llamada Rosario. Psicóloga, ¡agárrate los machos!, y pudo quitarse la capa de padre… para ponerse el anillo de novio. No hemos perdido el contacto y me alegra verlo tan feliz. Olivín (ahora Olivón) estudió la carrera de historiador y utilizó gran parte del dinero de su herencia (y de la mía) para crear una fundación cultural que ayude e impulse proyectos artísticos de interés en Madrid: Fundación Oliver Riego. Nos ha dicho que mañana nos quiere invitar a comer.

Volviendo al tema de Estrella. Resolví el enigma que arrastraban ella e Inocencio. Cuando se hizo en el barrio el referéndum en 1990 para salirse de España, solo dos personas de las doscientas catorce votaron en contra: fueron ellos. Quizá la locura de Ino vino precedida por esa culpa que nunca se sacudió de encima. Esa espinita que le quedó y que le hizo crear durante sus últimas semanas de vida un reino donde no sentirse culpable. No sé si el resto de los amigos y vecinos alguna vez lo supo, pero si fue así, jamás se lo tuvieron en cuenta, porque ellos jamás los traicionaron, porque ellos siempre estuvieron al pie del cañón en el barrio ayudando a todos. En estos treinta años el barrio nunca ha dejado de luchar.

Suena el telefonillo. Es una visita de una agencia inmobiliaria. Sí, yo también he seguido con la tradición que reina en esta casa de ponerla a la venta para que la persona indicada la pueda disfrutar antes de que yo falte. Además, no me gustaría que el día en que yo ya no esté un buitre de esos se hiciese con este hogar. Con la casa de mis sueños. Me niego. No sé si he dicho alguna vez que soy buena negando. No me iré a ninguna residencia, al menos no por el momento. He tardado toda una vida en aceptar, pero al fin me iré a vivir con mi padre y Marina. Sí, están vivos y coleando. Eso sí, están arrugados como pasas. Antes de abrir la puerta me detengo en el marco digital del recibidor, en ese vídeo en el que Estrella e Inocencio siguen bailando. No sé qué me deparará la vida, pero todo lo que no sea acercarme a esa foto lo tacharé de mentira.

—¿Sí?

—Doña Lea, somos de la inmobiliaria.

—Ah, el niño..., pase, pase.

No sé cuándo llegará la muerte, pero hay verdades que pueden esperar...

Agradecimientos

Este libro se empezó en Madrid y se finalizó en Rosario. Para los agradecimientos he querido esperar al eclipse del 14 de octubre porque un horóscopo me ha dicho que mis habilidades creativas se destacarán. No lo descarto. Miro la luna y no sé cómo lo hace, pero siempre caben las personas que quiero dentro.

Gracias a Diego, mi hijo, por su inteligencia emocional inaudita. Por borrar mi cara seria de todos los escenarios posibles. Por tu risa pandémica. Porque la vida siga siendo todo lo que ocurre entre que pulsas mi nariz con el índice y te llevo en brazos a la cama.

Gracias a Beatriz, mi compañera de piso, mi castigo amable, mi voz de bolero, mi alma veintidós incontable por ser mi corazón negro perenne. Por tus improvisaciones en el piano a deshoras. Por los paseos de diez mil pasos tocando la verja de la Dehesa. Por los brindis de salchicha de tofu. Por ser inacabable y apostar por el amor bien entendido.

Gracias a mis abuelos por enseñarme la grandeza del fracaso. Por hacerme pensar que no hay éxito si no podéis estar aquí para presumir de ello. He escrito este libro como única manera de mantener vuestro recuerdo vivo. Hay puentes que tienen marcapáginas y vuelvo a repetirlo: si rompo cada techo que me propongo es por llegar a vuestro cielo.

Gracias a Paula por darme una familia de selección. Por tu incondicionalidad. Por el esfuerzo de sacar tiempo de calidad para contarnos toda la vida en pocas horas. Por tu sindicalismo vocacional. Por reforzar mi atención selectiva para ver a Harry Styles en todos los sitios.

Gracias a Jorge por nuestra hermandad de plata. Más de veinticinco años como hermanos. Por ser el esfuerzo inconformista. Sin ti habría sido imposible desde hace tiempo.

Gracias a Sergio por ser mi gemelo asintomático. Por nuestra telepatía. Por ser el décimo hombre que cuestiona todo para conseguir lo que nadie había hecho. Porque la vida a tu lado es una chiquita movida.

Gracias a Héctor, Jhonny «Siete de Junio», Cesar, Siete, Isma, Pablo, Miki, Alex «Calistenia», por ser familia y la mejor banda del país. Que todas las arengas de mi vida terminen en vuestros brazos.

Gracias a mi oficina de Sonde3 (Mar Akuya, Ger The Man, David «Jardines» Moya, Chema Eurofán, Zulo, Alicia, Isa y todos) por ser casa. Qué ganas tengo de trabajar desde otro lado codo con codo.

Gracias a Josemi y Mayte por demostrar que sí se puede hacer diferente. Por vuestro frote de manos como explosión de alegría. Por las sobremesas eternas. Por ser la familia merecida.

Gracias a Danba y Patri, Javi y Adri, Puro y Gema, Rebe, Tasch, Lau, Cris, Adri y Zy, por ser espejo.

Gracias a Estefanía por ser la persona más buena que existe. Por ser capaz. Por celebrar mis éxitos como suyos y hacer que me lleguen botellas de vino hasta en los aeropuertos. Por el ático que conseguirás algún día, Donna Paulsen.

Gracias a mi exprofesor de Lengua y Literatura y ahora amigo Matías Escalera por ser mi ojo crítico. Por exigirme y ser el ancla que me ata los pies al suelo. Por darme verbo y cuerda para que no me calle. Por enseñarme que solo cuando se entiende el pasado cíclico se pueden dibujar trayectorias de futuro.

Gracias Elísabet, una vez más, porque si estoy en esta editorial es gracias a ti. Por hacerme partícipe de cada etapa de tu vida. Por no estar solo en las malas y compartir conmigo tu felicidad merecida.

Gracias a mis editores, Gonzalo Albert y Ana Lozano, por sacar lo mejor de mí. Por contagiarme pasión y compromiso. Por vuestra exigencia. Solo nosotros sabemos el reto que ha supuesto, pero me emociona la familia que hemos creado. Por la cena que me debéis.

Gracias a todos los semejantes que me ha traído la música.

Y, para terminar, gracias a ti que me lees por haber asistido a este teatro ambulante. Todas y todos merecemos una mentira en la que creer. Un escenario imposible con figurantes que nos digan que se puede. Un estado independiente unipersonal. Una patria mínima. Ojalá que cuando termines el libro y salgas a la calle, estés en la cola del supermercado o del médico o en el autobús o el metro, y veas a una persona mayor, rompas el edadismo por un momento.

Yo tampoco sé si Inocencio enloqueció al final de sus días o solo lo hizo para plantar cara a un mundo cuerdo donde nosotros somos los que estamos equivocados (hay veces que lo creo), pero gracias a Estrella e Inocencio por hacer honor a vuestro nombre. En un mundo donde a todo se le pone límites, la verdad, la mentira, la vida o la muerte solo son líneas mal dibujadas.

Queremos compartir
más momentos contigo.

Únete a la comunidad de PenguinLibros
y encuentra tu siguiente lectura.

Penguin
Random House
Grupo Editorial